光文社文庫

長編時代小説

見《けん》番《ばん》

吉原裏同心(3)
決定版

佐伯泰英

光　文　社

目次

新吉原廓内図

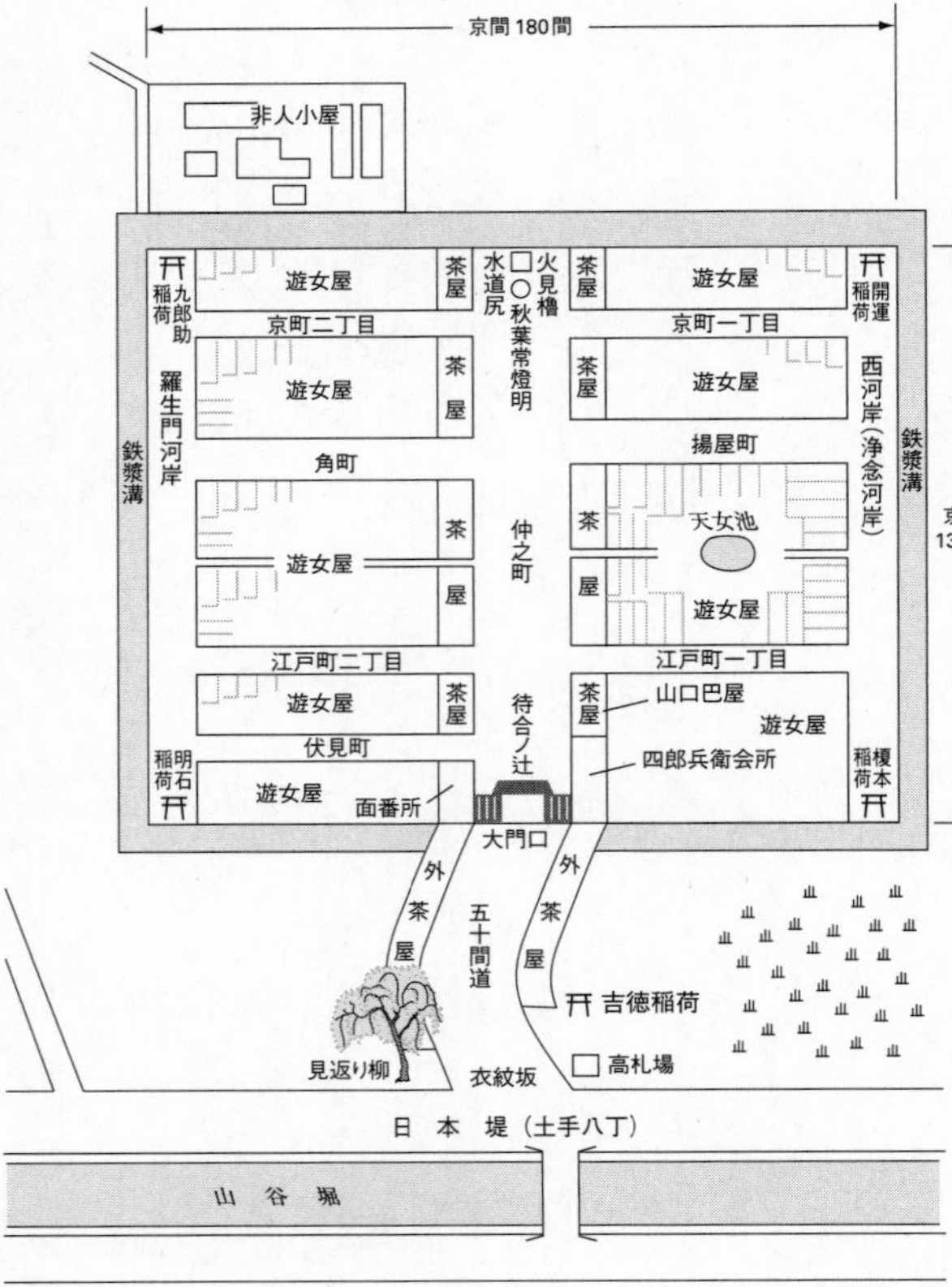
京間180間
非人小屋
稲荷
九郎助
遊女屋
茶屋
水道尻
火見櫓
秋葉常燈明
茶屋
遊女屋
開運
稲荷
京町二丁目
京町一丁目
遊女屋
茶屋
茶屋
遊女屋
羅生門河岸
西河岸(浄念河岸)
鉄漿溝
揚屋町
角町
鉄漿溝
茶
天女池
京間
135間
遊女屋
仲之町
屋
屋
遊女屋
江戸町二丁目
江戸町一丁目
遊女屋
茶屋
待合ノ辻
茶屋
山口巴屋
遊女屋
伏見町
明石
稲荷
四郎兵衛会所
榎本
稲荷
遊女屋
面番所
大門口
外
茶
屋
五十間道
外
茶
屋
吉徳稲荷
見返り柳
衣紋坂
高札場
日本堤(土手八丁)
山谷堀

北
東
南
西
荒川
千住大橋
鐘ヶ淵
隅田村
千住道
小塚原
三河島
田端
日暮里
駒込
谷中
日本堤
金杉上町
新吉原
鷲神社
隅田川
今戸町
山谷堀
今戸橋
浅草寺
千駄木
白山
下谷
東叡山寛永寺
根津権現
本郷
御薬園
小石川
伝通院
中堂
不忍池
幡随院
広徳寺
阿部川町
東本願寺
新堀川
浅草花川戸町
吾妻橋
竹町ノ渡し
田原町
三間町
駒形堂
並木町
蔵前
菊坂町
池之端仲町
下谷広小路
湯島天神
春日町
水戸徳川家
御徒町
北割
牛込
神田明神
外神田
森田町
御米蔵
石原町
神田川
牛込御門
小石川御門
水道橋
向柳原
天王町
浅草橋
柳橋
御竹蔵
南割下水
神楽坂
番町
昌平橋
筋違御門
和泉橋
柳原土手
両国広小路
本所
市谷
田安御門
俎板橋
雉子橋御門
一ツ橋御門
神田橋御門
内神田
馬喰町
両国橋
回向院
竪川
市谷御門
清水御門
小伝馬町
今川橋
日本橋
新大橋
常盤橋御門
北町奉行所
小名木川
麹町
江戸城
室町
江戸橋
仙台堀
深川
半蔵御門
呉服橋御門
日本橋
南茅場町
材木町
西之御丸
鍛冶橋御門
組屋敷
八丁堀
永代橋
南町奉行所
京橋
霊岸島
富岡八幡宮
永田町
桜田御門
赤坂御門
数寄屋橋御門
西本願寺
石川島
越中島
山王日枝神社
新橋
築地
佃島
溜池
幸橋御門
汐留橋

『見番』主な登場人物

神守幹次郎……豊後岡藩の元馬廻り役。幼馴染で納戸頭の妻になった汀女とともに、逐電。その後、江戸へ。汀女の弟の悲劇が縁となり、吉原会所の七代目頭取・四郎兵衛と出会い、遊廓の用心棒「吉原裏同心」となる。

汀女……幹次郎の三歳年上の妻。借金を理由に豊後岡藩の納戸頭藤村壮五郎の妻となっていたが、幹次郎とともに逐電。幹次郎の傍らで、遊女たちに俳諧、連歌や読み書きの手解きをしている。

四郎兵衛……吉原会所の七代目頭取。幹次郎を吉原裏同心に抜擢。幹次郎・汀女夫妻の後見役。

仙右衛門……吉原会所の番方。四郎兵衛の腹心で、吉原の見廻りや探索などを行う。

玉藻……料理茶屋・山口巴屋の女将。四郎兵衛の実の娘。

村崎季光……吉原会所の前にある面番所に詰めている南町奉行所隠密廻り同心。

薄墨太夫……人気絶頂、三浦屋の花魁。

見《けん》番《ばん》——吉原裏同心（3）

第一章　お針殺し

一

　天明《てんめい》六年（一七八六）神無月《かんなづき》半ばの夜明け、破れ笠《がさ》を被《かぶ》った神守幹次郎《かみもりみきじろう》は山谷《さんや》堀《ぼり》に釣り糸を垂れていた。

　朝靄《あさもや》の中、水面に頭を立てた浮きはぴくりともしない。

　枯れ葦《あし》の岸に痩せた柳《やなぎ》が一本生えていて一羽の鴉《からす》が止まり、幹次郎の釣果《ちょうか》を窺《うかが》っていた。

　汀女《ていじょ》が古着を仕立て直してくれた綿入《わたい》れを着込んでいたが、寒さがじんわりと身を包んだ。

　山谷堀は隅田川《すみだがわ》（大川《おおかわ》）から西に掘り抜かれた入堀で今戸橋《いまどばし》下から日本堤《にほんづつみ》

（土手八丁《どてはっちょう》）までをこう呼んだ。

江戸城改築の折りに下谷《したや》から流れ出ていた根岸川《ねぎしがわ》の砂礫《されき》を採取して、川幅を広げたものだ。

その長さは五丁《ちょう》四十八間《けん》（約六百三十三メートル）と短い。

隅田川との合流部の今戸橋から新鳥越橋《しんとりごえばし》辺りまでは川幅十二間（約二十二メー

トル）と広い。

その岸辺にはいくつもの船宿《ふなやど》が軒《のき》を並べていた。だが、新鳥越橋より上流では

五、六間（約九〜十一メートル）と川幅は急に狭くなり、船宿もなくなり、牧歌

的な土手が続いた。

幹次郎が釣り糸を垂れているのは今戸町側の堀端だ。

対岸には幹次郎と姉様《あねさま》女房の汀女の住み暮らす左兵衛《さへえ》長屋のある浅草田町《たまち》と、

浅草田圃《たんぼ》が広がっていた。

朝靄の中、百姓舟が通り過ぎ、波紋が浮きを揺らした。日本堤を行き交う人も

駕籠《かご》もない。

幹次郎は格別、魚を釣り上げようなどと考えたのではない。釣り竿や浮きを手

造りして、山谷堀に釣り糸を垂れるのは無聊《ぶりょう》を託《かこ》ってのことだ。

山谷堀の向こうに望める北国《ほっこく》の傾城《けいせい》から賑わいが消えていた。

この九月八日に将軍家治《いえはる》の死の触《ふ》れが公表されていた。

喪に服した江戸の町から歌舞音曲《かぶおんぎょく》の調べが絶えて、御免色里《ごめんいろざと》の吉原《よしわら》もひっそり閑《かん》としていた。

遊客《ゆうきゃく》がいなければ、吉原の治安を守る四郎兵衛会所《しろべえかいしょ》も暇を持て余す。となれば、四郎兵衛会所の雇人、神守幹次郎の仕事はない。

一方廓《くるわ》内で開かれる汀女の塾には、退屈した遊女たちが大勢詰めかけて、習字から俳諧《はいかい》と手習いをして退屈を紛《まぎ》らしていた。そんなわけで汀女は深夜遅くまで遊女たちの書いた手紙や和歌・俳諧の添削《てんさく》をして起きていた。

幹次郎は、夜明け前に床《とこ》に就いた汀女をゆっくり寝かせるように長屋を出て、釣り糸を垂れていたのだ。

柳の枝に止まる鴉は、作り物の鳥でもあるかのように動かない。

眼前の光景が五七五に纏《まと》まった。

灯《ひ》が消えし　北国《さと》の岸辺に　寒鴉

「そのままじゃな」

句作は姉様女房の汀女に勧められるままに始めたが、一向に上達しなかった。

だが、汀女は、

「幹どのの句は伸びやかで素直です」

といつでも褒《ほ》めてくれた。

土手の向こうに吉原会所の長半纏《ながばんてん》を着た男が立った。

「神守様、釣れますかえ」

幹次郎が顔を上げると吉原会所の小頭《こがしら》の長吉《ちょうきち》だ。

「長吉さん、御用かな」

「七代目が朝餉《あさげ》でも一緒にと申しておられますんで」

「ならば、そちらに参ります」

幹次郎は竿を上げて釣り糸を巻きつけると、堀に架かる橋を今戸町側から住み暮らす田町へと戻った。

左兵衛長屋は土手を下ったところだ。だが、長屋には足を向けなかった。

吉原会所の七代目の四郎兵衛が幹次郎に声をかける以上、御用と推量《すいりょう》されたからだ。

ふたりは日本堤を黙々と歩いた。

後朝《きぬぎぬ》の別れをなした遊客たちが急ぎお店《たな》に戻る時分は過ぎていた。それにしてもいつもは人っ子ひとり通らぬ土手八丁ではない。それが幹次郎と長吉の他に人影もなく、浅草田圃から飛び立った白鷺《しらさぎ》が吉原の上空を窺うように飛翔する姿が見えるばかりだ。

ふたりは寂しげに立つ見返り柳を見ながら衣紋坂《えもんざか》へと曲がった。さらに左右に茶屋《ちゃや》が並ぶ五十間道《ごじっけんみち》に差しかかった。

東西京間《きょうま》百八十間、南北京間百三十五間、総坪数は二万七百六十七坪に、「遊女三千人」を頂点にした里はだらりと弛緩《しかん》していた。

「極楽も公方《くぼう》様の逝去《せいきょ》にはなんとも敵《かな》いませんや」

ふいに長吉がぼやいた。

「吉原の閉門停止《へいもんちょうじ》は、いつまで続きそうかな」

「妓楼《ぎろう》の旦那方も四郎兵衛様もなんとか一日でも早く吉原に灯《あか》りが点《とも》ることを願って、お上《かみ》のあちらこちらに嘆願《たんがん》なされているところですが、なんとも芳《かんば》しくございませんので」

江戸に三つ、「一日千両」の黄金《こがね》の雨が降る町があった。

ひとつは二丁町と呼ばれる芝居町の葺屋町《ふきやちょう》、堺町界隈《さかいちょうかいわい》で、ここには官許の中村座《なかむらざ》などがあって多くの見物客を集めていた。

ふたつ目は威勢のいい日本橋《にほんばし》の魚河岸《うおがし》だ。

そして、三つ目は五丁町《ごちょうまち》と呼び習わされる吉原である。

江戸町《えどちょう》一、二丁目、京町《きょうまち》一、二丁目、そして角町《すみちょう》に伏見町《ふしみちょう》と揚屋町《あげやちょう》が加わって七丁になった後も五丁町というのは、元吉原以来の通り名で吉原の別称でもあった。

「神守様にもはや申し上げる要はございませぬが、女郎衆を支える食べ物屋、貸本屋、質屋、湯屋、職人、幇間《ほうかん》、それにわれら男衆《おとこし》など一万何千人もの人の口が干上《ひあ》がっていますんで」

固く閉じられた大門《おおもん》脇の通用口をふたりは潜《くぐ》った。

大門を入って左手、町奉行所隠密廻《おんみつまわ》り同心らが詰める面番所《めんばんしょ》もひっそりとしていた。

面番所と向き合って、吉原の実質的な治安と自治を守る吉原会所があった。代々世襲の頭取の名を取って四郎兵衛会所とも呼ぶ。ただ今の四郎兵衛は七代目だ。

ふたりはその前を通り過ぎ、江戸町一丁目へと曲がった。さらに和泉楼《いずみろう》と讃岐楼《さぬきろう》の間の路地に入り込んだ。いつもは入り口に老婆が座って、路地に入り込む遊客をやんわりと断っていた。

ここは吉原裏同心神守幹次郎の通用路なのだ。

迷路のような路地を進んで長吉は、会所ではなく七軒茶屋山口巴屋《しちけんぢゃややまぐちともえや》の裏口へと誘《いざな》った。

幹次郎は釣り竿を裏口の傍《かたわ》らに立てかけた。

「七代目は廓内の見廻りの後の楽しみ、風呂でお待ちにございますよ」

長吉はそう言うと戸を開き、幹次郎を山口巴屋の広い台所の土間へと招《しょう》じ入れ、

「わっしはこれで」

と路地の奥へと消えた。

四郎兵衛の朝の日課は、吉原の通りを見張りと称して散策することであった。

吉原の大通りの仲之町《なかのちよう》には、大籬《おおまがき》（大見世《おおみせ》）の花魁《おいらん》を呼べる七軒の引手茶屋《ひきてぢやや》が軒を連ねていた。

七軒茶屋の中でも屈指《くつし》の引手茶屋が山口巴屋であり、四郎兵衛はこの山口巴屋の主《あるじ》であった。そして茶屋を引き回すのが四郎兵衛の娘の玉藻《たまも》であることをすでに幹次郎も承知していた。

「お久しぶりにございますな、神守様」

きりりと引き締まった面長《おもなが》の顔立ちの玉藻が破れ笠を脱ごうとする幹次郎に言った。

「姉様《あねさま》がお世話になっております」

「反対ですよ、汀女先生にはなにからなにまで迷惑をかけておりますのさ。なにしろ吉原の灯り落としに女郎衆は憂《う》さ憂さしておりますゆえ、手習い塾に顔を出して退屈を潰《つぶ》そうなんていう女衆《やから》ばかりで。まるで湯屋の二階とでも勘違いした女郎衆が汀女先生の気を煩《わずら》わしていますよ」

と笑った玉藻が、

「お父《とつ》つぁんが逆上《のぼ》せます、まずは湯に」

と茶屋の風呂に幹次郎を導いた。

で大きかった。

妓楼から下がった客がひと風呂を浴びてさっぱりするための湯だ。造りも豪奢《ごうしゃ》

神守幹次郎と汀女は、長い流浪《るろう》の末に吉原に拾われた。

救い主は四郎兵衛であった。

幹次郎は独創の薩摩示現流《さつまじげんりゅう》の剣と、金沢《かなざわ》城下外れの眼志流《がんしりゅう》小早川彦内《こばやかわひこない》道場で修行した居合《いあい》の技を買われて吉原会所の裏同心と呼ばれる用心棒をしている。汀女は読み書き・書道から和歌・俳諧などを教えながら、ふと漏《も》らされる遊女の言葉の端々《はしばし》を聞き、吉原によからぬ災いが降りかかっていないかを読む、いわば女たちの心を探る耳目《じもく》の役目を果たしていた。

吉原会所はその報酬《ほうしゅう》としてふたりのために左兵衛長屋を用意し、年二十五両を与えていた。

「遅くなりました」

広々とした湯船に四郎兵衛が独《ひと》り浸《つ》かっていた。

「楽しみをふいにしましたかな」

「なんの、退屈しのぎに流れに釣り糸を垂らしたまで、餌《え》もつけておりませぬ」

「餌もなしに釣りとはまた風流な」

と声もなく笑った四郎兵衛の顔が引き締まった。

「上様《うえさま》のご逝去ゆえ歌舞音曲の遠慮は致し方ございませぬ。ですが、元和《げんな》四年（一六一八）、庄司甚右衛門《しょうじじんえもん》様が幕府の許しを得て商いを開始されて以来初めて、大門を閉じよとなると、吉原の死活に関わります」

幹次郎はただ頷《うなず》いた。

「神守様は田沼《たぬま》様の凋落《ちょうらく》をご存じですな」

「巷《ちまた》に流布《るふ》されているほどには」

十代将軍家治の厚き信頼を得て、老中《ろうじゅう》田沼意次《おきつぐ》は権勢《けんせい》を振るってきたが、今年の八月二十二日以来、病《やまい》を理由に意次は屋敷に籠《こも》った。

その二日後には意次が推し進めてきた経済政策の柱、大坂貸金会所《おおさかかしきん》計画、印旛沼《いんばぬま》・手賀沼干拓《てがぬまかんたく》工事などが相次いで中止に追い込まれた。

反田沼派が家治の病重しを見て、意次を遠ざけたのだ。

反田沼に結集したのは御三家《ごさんけ》に御三卿《きょう》の一橋《ひとつばし》家、それに譜代《ふだい》大名であった。

中心は一橋治済《はるさだ》卿である。

守勢の意次は家治の本復に望みをかけて、町医者若林敬順《わかばやしけいじゅん》と日向陶庵《ひゅうがとうあん》のふたりを奥医師として登用し、治療に当たらせた。

だが、翌二十五日に家治は死去し、世継《よつ》ぎには家斉《いえなり》が決まった。

十四歳の家斉は一橋治済の長男であり、世継ぎのない家治の養子になっていた。

当然予測された結果だ。

反田沼派は意次罷免《ひめん》に動いた。

二十六日、登城した意次は、家治の霊前に出ようとした。すると側衆《そばしゅう》のひとりに、

「速《すみ》やかに帰邸の上、御役御免を願い出られませ」

と囁《ささや》かれた。

翌二十七日、意次は老中職を解任された。

十月に入ると、意次の所領の遠江相良《とおとうみさがら》五万七千石のうち、二万石と江戸上《かみ》屋敷、大坂蔵《くら》屋敷などが没収され、江戸城への出仕も止められた。

落日は早い。

未《いま》だ田沼派の大老《たいろう》井伊直幸《いいなおひで》、老中松平康福《まつだいらやすよし》、水野忠友《みずのただとも》らが幕閣《ばっかく》の地位にあったが動けない。

「田沼様が敬順先生と陶庵先生を城中に送り込んだは、家治様のお命をお縮めする企《くわだ》てと町に噂が流れましたな」

幹次郎は頷く。

「田沼様にとって家治様の本復はただひとつの望みでした。その田沼様がまさか、毒薬を盛るために町医者を城中に入れるものですか。流布する風聞のすべては、反田沼派の策謀《さくぼう》にございますよ」

田沼意次は初め八代将軍吉宗《よしむね》世継ぎの家重《いえしげ》の小姓《こしょう》を務めていたが、享保《きょうほう》二十年（一七三五）に家禄《かろく》六百石を得た後、才気《さいき》を認められて家重の側衆に就いた。出世の始まりである。宝暦《ほうれき》八年（一七五八）には一万石の大名に昇格した意次は、明和《めいわ》四年（一七六七）に御側用人《おそばようにん》になって二万石に加増《かぞう》され、遠江相良に新城を築いた。

宝暦十一年（一七六一）、家重が死去すると、十代将軍家治に重用される。

「田沼様を登用なされた家治様は、お爺様の吉宗様に可愛がられ、古賢《こけん》の事蹟《じせき》を成島道筑《なるしまどうちく》様に、弓馬《きゆうば》を小笠原縫殿助《おがさわらぬいのすけ》様に習われ、識見《しきけん》の高いお方にございました。ですが、生来の癇癖《かんぺき》がございましてな、人見知りをなされた。そこへ田沼様が巧みに取り入られたのです。家治様の治世《ちせい》における内政の方針は、すべて田沼様の口から発せられました……」

さらに明和六年（一七六九）に老中格、安永元年（一七七二）に老中に列し、天明五年（一七八五）には禄高《ろくだか》五万七千石に及んだ。

家治の絶対的な信任を得た意次は、大奥《おおおく》にも注意の眼を光らせて、最大限に利用した。

「田沼様のことを世間では蝸牛《まいまいつぶり》に模《も》して、まいまいつぶれ、銭出せ、金出せと泣くなどと申しますな、たしかに、かようにも賄賂《まいない》がまかり通る御世《みよ》もございませんでした」

四郎兵衛は湯から上がり、体の火照《ほて》りを冷ました。

幹次郎も洗い場に上がり、四郎兵衛の背中に回った。だが、聞き耳は鋭《するど》く立てていた。

雑談ではない、御用に関わる話と承知していたからだ。

「四郎兵衛様、背中を流しましょう」

「お武家様に背中を流させるなど罰《ばち》が当たります」

「武家といえど馬廻《うままわ》り役《やく》十三石の軽輩者《けいはいもの》、腹が満たされたことなどない貧乏侍にござる」

神守幹次郎は四郎兵衛の背に回ると糠袋《ぬかぶくろ》で丁寧にこすり始めた。

「田沼様のお考えは極端と申さば極端、実にはっきりとしておりました。賄賂をもって仕官を申し出るほどの熱意がなければ、ご奉公のお役には立たぬというもの、偏《かたよ》った考えといえました」

意次の偏狭《へんきょう》な考えを『江都聞見録《こうとけんぶんろく》』はこう記す。

〈凡《すべ》て金銀は命にも替え難《がた》き宝である。その宝を贈っても御奉公いたし度《た》しと願う者は実にその志、上《かみ》に忠なること明らかだ。その志の厚薄は、贈り物の多少によって分かる。自分は日々登城して国家の為に心を労して安き心もないが、帰宅してわが屋敷の長廊下に諸家からの音物《いんぶつ》が数々並んでいるのを見ると、その苦労も忘れて慰められる〉

時代は天明期である。

飢饉《ききん》が相次ぎ、東北では、

「米実らずして白骨晒《さら》す」

と野山に餓死《がし》した者の白骨が累々《るいるい》としていた。

そんな最中に田沼意次の見事なまで割り切った考えである。

「神守様、回りくどい話は老人の常でしてな、今しばらくお付き合いくだされ」

と断ってから四郎兵衛は続けた。

「ただ今、田沼様の悪《あ》しき点ばかりが取り沙汰されるのは敗者の常、致し方のないことでございますよ、しばらくは幕閣に混乱が続きます」

「続きますか」

「考えてもご覧なされ。御世継ぎの家斉様は十四歳にございます。となれば、だれぞ後見《こうけん》が必要にございましょう」

「はあ」

「田沼様の再起はございますまいが、城中には田沼様と結託《けったく》なされた大老の井伊様らもおられます。家斉様の後見にだれがお成りになるか知りませぬが、もうひと戦《いくさ》あると睨《にら》んでおります」

幹次郎は、洗い終えた四郎兵衛の背中を湯で流した。

「極楽でございました」

と礼を述べた四郎兵衛が、
くるり
と幹次郎へ向き直った。

その視線が幹次郎の股間に行った。

「私が睨んだ通り、神守様のふぐりはなかなかご立派ですな。これでなければ、男の仕事はできませぬ」

と真顔で褒め、湯にふたたび浸かった。

幹次郎もふたたび湯に入った。

「こたびの吉原停止は、吉原が田沼様に余りにも近しゅうした報《むく》いにございます」

突然、四郎兵衛の話は本論に移ったようだ。

「われら遊里の者にとって田沼意次様が権力を振るわれた時代は、やり易《やす》うございました。なにしろ金品さえ贈っておれば、ある程度のことはお目こぼしになった。しかしながらこれからは厳しく取り締まるとのこと、水清ければ魚棲《す》まずの道理、清らか過ぎては商いに差し障《さわ》りが生じます」

「四郎兵衛様、吉原を水清き里になさろうとするお方がおられますので」

幹次郎が焦《じ》れたように訊いた。

「そこのところが未だ判然としませぬ。もしそのようなお考えをお持ちの方がこの遊里に手をつけようとなされるのであれば、われらは座して死するわけにはいかない」

はっきりと言い切った四郎兵衛の脳裏《のうり》には敵対する人物があるようだ。

「神守様と久しぶりに朝餉をともにしようと思いましたのはな、このことを胸に仕舞いおいてくだされと申したかったのですよ。だいぶ、回りくどくなりましたな」

「吉原が戦いに入るとき、相手がだれであれ、神守幹次郎は四郎兵衛様の足下につき従いまする」

それが神守幹次郎と汀女を拾い上げてくれた四郎兵衛へ夫婦ができることだ。

四郎兵衛が幹次郎を見ると、

「心強きお言葉にございます」

と両手で湯を掬《すく》い、顔を洗った。

「ただ今、吉原再開に向けて必死の工作を続けております。できることなれば穏《おん》便《びん》に済ませたい、それが吉原の願いにございます」

四郎兵衛が用件を伝え終えたとき、

「お父つぁん、神守様、湯あたりしているのじゃないの。味噌汁を何度温め直させる気なの」

と湯から上がるように催促《さいそく》する玉藻の声が響いた。

二

幹次郎が四郎兵衛の相伴《しょうばん》で朝餉を食べ終えた刻限、

「七代目」

と廊下に声がして、番方《ばんかた》の仙右衛門《せんえもん》が顔を覗《のぞ》かせた。

「殺しにございます」

「殺されたのはだれか」

「伏見町《ふしみちょう》の五彩楼《ごさいろう》のお辰《たつ》と申すお針《はり》にございます。西河岸《にしがし》の開運稲荷《かいうんいなり》の境内で刺し殺されて投げ出されているのを、油揚げを供《そな》えに来た切見世女郎《きりみせじょろう》が見つけ、番屋《ばんや》に届けましたそうで」

長吉らを走らせてあるが、仙右衛門自身はまだ現場を見ていないと言った。

「神守様、仙右衛門に付き合ってくだされ」

と四郎兵衛は幹次郎を振り向いた。

「畏《かしこ》まりました」

「ならば神守様、待合《まちあい》ノ辻《のつじ》でお会いしましょうか」

山口巴屋の表から入ってきた様子の仙右衛門が姿を消した。

幹次郎は山口巴屋の裏口から路地に出た。そして、少し迷った末に破れ笠を被り直し、釣り竿を手に取ると路地から江戸町一丁目に出た。すると、すでに仙右衛門は葉を落とした待合ノ辻の桜の木の下にいた。

日は中天にあった。

光の下で吉原は死の町のように広がっていた。

「神守様はお針を承知ですか」

仲之町を水道尻《すいどじり》に向かって歩き出した仙右衛門が訊いた。

吉原は三千人の遊女を華やかに見せるためにありとあらゆる人間が住む、隔離《かくり》された〝里《むら》〟であった。

「お針と申しますから縫《ぬ》い子ですか」

「ただの縫い子ではありません」

と断った仙右衛門が話し出した。

「大籬の妓楼なればふたりから三人、半籬《はんまがき》、中見世《ちゅうみせ》でもひとりのお針を抱えております。これらのお針は、大塚屋《おおつかや》と申す口入屋《くちいれや》から各楼に出張《でば》っておるのです。給金は、年に四両から五両が大塚屋からお針に支払われます。ということは各楼からお針の雇い料が大塚屋に払われているということです。お針に直《じか》に妓楼から支払われることはありません。ところがいろいろな余得がございましてねえ、女郎の晴れ着を仕立てるときは、女郎から一枚いくらの仕立て料が払われる習わしなのでございます。その上、端切《はぎ》れはお針のものとなりますから、これを溜《た》めておいて人形屋などに売り捌《さば》くのです。なにしろ女郎衆の着物は、縮緬《ちりめん》以上の高価な品ですから、端切れも馬鹿にはできない。また出入りの呉服屋と女郎の仲介をして一分の口銭《こうせん》を取る、太夫《たゆう》ともなれば一枚の衣装も値が張りますから一分といってもなかなかのものです。むろん盆暮れには呉服屋から付け届けが届きます」

ふたりはすでに水道尻まで来ていた。

黒板塀に沿って引手茶屋の角《かど》を右手に曲がる。

「お針の仕事は、朝の五つ半（午前九時）から夕刻の七つ半（午後五時）と決まってますが、節季《せっき》前にはそうもいかない。となると妓楼の帳場《ちょうば》から茶菓子料として金が出る」

吉原一の大通りの仲之町から横手の通りに入ると風景が変わった。

「なにしろ、吉原は見栄《みえ》と張りの世界です。太夫衆の積夜具《つみやぐ》から打掛《うちかけ》、ふだんの夜具布団の打ち直し、新造《しんぞう》や禿《かむろ》の着物の洗濯から仕立て直しまで数が多い。塵《ちり》も積もれば山、そのすべてがお針の手を通るのですから口銭もなかなかです」

「洗濯もお針の仕事ですか」

「いえ、洗濯なんかは洗濯婆さんを雇って自らは手を出しません。そんなわけで吉原のお針を十年も勤め上げれば、ちょっとした小金を懐《ふところ》にすることになる。なにやかやと物入りの女郎衆より金持ちが多い」

ふたりの行く手に開運稲荷の赤い幟《のぼり》が見えてきた。

「五彩楼のお針であるお辰は、金に困った女郎衆相手に金貸しをやっておりました。むろん廓内で鑑札《ゆるし》を得ない者が金貸しをやっていいわけはない。会所も承知でしたがねえ、まあ、お目こぼしで続けていたのです。いずれはこんなこともあるんじゃないかとわっしは思っておりました」

仙右衛門は金貸しの揉《も》めごとで殺されたと推量をつけているような口振りだった。

ふたりは妓楼の屋根の間から日が差し込む開運稲荷の前に出ていた。

吉原には四隅に明石《あかし》稲荷、九郎助《くろすけ》稲荷、開運稲荷、榎本《えのもと》稲荷の四社が鎮座《ちんざ》して、商売繁盛《はんじょう》、廓内安全の鎮守《ちんじゅ》様として女郎たちや住人の信仰の対象になっていた。

吉原の西の隅にある開運稲荷は、松田《まつだ》稲荷ともいい、女郎衆のお参りも多い稲荷だ。

「番方、神守様、こちらで」

長吉が狭い境内からふたりを差し招いた。

石塀に囲まれた稲荷社は、せいぜい間口三間(約五・五メートル)、奥行五間(約九・一メートル)ほどの狭さで、妓楼が奉納《ほうのう》した朱塗《しゅぬ》りの鳥居が拝殿まで間を置かずに並び、赤い幟が林立《りんりつ》して、そこに光が差し込み、極彩色と濃い陰影が絡み合う眩惑《げんわく》世界を作り出していた。

幹次郎は、釣り竿を石塀に立てかけた。

拝殿に向かって頭を下げてから、ふたりは鳥居の間を潜った。

拝殿の右手の隅、小さな社《やしろ》と石塀の間に頭を向けて、お針のお辰は倒れていた。その左足は不自然にも外に捩《ねじ》れて、裾《すそ》を乱していた。

幹次郎は玉砂利にてんてんと落ちた血の跡を見ていた。拝殿前から敷地の隅まで引きずられた跡もあった。

長吉たちがふたりに代わって亡骸《なきがら》の側を離れた。

仙右衛門がお辰の死体の前に膝をついた。

幹次郎もその隣に腰を下ろした。

昼前の光が殺されたお辰の顔から胸の辺りに照りつけていた。

幹次郎は金貸しを密《ひそ》かにやるお針と聞いてきたから、大年増《おおどしま》を推測していた。だが、驚きを残したお辰の顔はまだ色香を残していた上に整った顔立ちだった。

裾は乱れていたが上体《じょうたい》はきちんとしており、一見傷口がどこにあるのか分からなかった。

仙右衛門が五彩楼のお仕着《しき》せの肩口を摑《つか》むと背中を上げた。するとお仕着せの背中はたっぷりと血を吸い、玉砂利には血だまりがあった。

左の背中に着物の破れ目があり、深々と心臓《しんのぞう》に向かってひと突きに刺されたらしい。

幹次郎は、下手人《げしゅにん》がお辰の後ろから忍び寄り、首に手をかけるかどうかして動けなくして、背から心臓を刺し貫いたと推測した。

その折り、下手人はお辰の足の間に自分の足を絡めて、外へと跳《は》ね上げるような奇妙な動きをしたのではないか。それが足の捩れの原因ではないかと思った。

「長吉、帯を解け」

仙右衛門が長吉に命じた。

吉原も当然のことながら町奉行所の管轄《かんかつ》下にあった。

そのために隠密廻り同心の詰める面番所が大門の左側にあった。だが、吉原詰めの同心は、廓内の治安と自治を吉原会所に委《ゆだ》ね、自ら手を下すことは少なかった。

実質的な探索方は会所に任されていたのだ。

幹次郎と仙右衛門に入れ代わって長吉と若《わか》い衆《し》の保造《やすぞう》がお辰の帯を解き、背中の傷が見えるようにお仕着せを弛《ゆる》めた。

幹次郎は拝殿前に下がっていたが、賽銭箱《さいせんばこ》の前におはじきほどの石礫《いしつぶて》が落ちているのに目を留めた。拾ってみると平たい石に、

「酉《とり》」

の一文字が薄く消えかかって見えた。

幹次郎は、

(なにに使われたものだろう)

と思いながらも袖に小石を仕舞った。

「番方」

長吉が仙右衛門を呼んだ。

お辰の白い餅肌《もちはだ》の背が現われて、迷いなく刺し込まれた傷口が見えた。

ふたたび幹次郎はお辰の傍らに膝をつき、傷口を検《あらた》めた。

「細身の刃物ですか、傷口が小《ちい》そうございますね」

仙右衛門が幹次郎に意見を求めた。

傷口の長さは四分かせいぜい五分（約一・二〜一・五ミリ）だ。

幹次郎は、薄い傷口の一方の端は鋭利《えいり》にも滑《なめ》らかで、もう一方の端は肉が弾《はじ》けていることに注目した。

「身分の高い武士が携帯する小刀には、棟《むね》をのこぎり刃のように鋭く造り込む変わり刃があると聞いたことがある」

「珍しい得物《えもの》ですね」

と顔を振った仙右衛門は長吉に尋ねた。

「お辰の持ち物はどうだ」

「ざっと調べたが金も書付《かきつけ》もなにも持ってませんぜ」

「下手人がお辰の持ち物一切合財を盗み去ったか」

と仙右衛門は頷き、長吉に、

「最初にお辰を見つけた女郎はどこにいるな」

「お兼《かね》って女ですが番屋に待たせてございます」

と長吉は答え、西河岸の番屋を指した。

吉原の黒板塀の内側のあちこちには吉原会所が管理する番屋があった。

「お兼に会ってこよう。おまえたちはその間にお辰を会所に運んで、改めて持ち物を調べ直せ」

仙右衛門が指図すると立ち上がった。

西河岸の通りは半間（約〇・九メートル）もなく、食べ物や小便が入り混じった異臭が漂《ただよ》っていた。それに昼間というのに光も差し込まず暗かった。

幹次郎と仙右衛門が西河岸の番屋に入っていくと、若い衆の宮松《みやまつ》と四十を過ぎた切見世女郎のお兼が押し黙って向き合っていた。

素顔の女郎は染《し》みだらけの疲れた顔をしていた。口をへの字に曲げたお兼が油断のならない上目遣いに、

「ようやく番方が来なすったか」

と嫌味を言った。そして、釣り竿を手にした幹次郎を物珍しそうに見た。

宮松が現場に走り戻った。

「おまえさんがお針の死体を見つけたんだってな」

「えらい貧乏くじを引いたよ。私の前に何人もお参りの者がいたのはたしかだね。

だれもが面倒だと知らぬ振りを決め込んだのさ」

「お兼さん、おめえがいたからこそ、お辰さんも人並みの扱いを受けられるんだ。三途《さんず》の川の渡しでおめえに頭を下げているぜ」

「若い衆に聞いたが金貸しのお針だってねえ、渡し賃には不便しまい」

「おまえさんも借りていたかえ」

「番方、冗談はなしだよ。私らみたいな切見世女郎には、見向きもするもんか。まずお針が相手をしたのは半籬より上の若い女郎衆さ」

「五彩楼は、伏見町だぜ。お辰はえらく遠くにある稲荷を信心していたものだな」

仙右衛門がお兼に訊いた。

「番方、貸し金の受け渡しやら催促《さいそく》に稲荷社が使われているそうだよ。稲荷社に行く太夫の何人かは信心なしの無粋《ぶすい》な待ち合わせさ」

「お針は、開運稲荷で金を貸す相手と待ち合わせていたというか」

「それを調べるのは番方、おまえさん方の仕事さ」

お兼が立ち上がった。

「時間《とき》を取らせたな。なんぞ困ったことがあったら、四郎兵衛会所を訪ねてくることだ。今度の一件は覚えておくぜ」

「番方、面倒はなしに過ごしたいものだ」

お兼が番屋を去り、ふたりも切見世（局見世《つぼねみせ》）の並ぶ西河岸に出た。刻限のせいか、狭い路地で遊女たちが煮炊きしたり、洗濯したりを始めていた。

吉原の遊客が絶対に見ることのない暮らしだ。

「釣り竿の旦那、吉原の魚の好みの餌は黄金色の小判さ。ほれ、口を開けて待っているよ、遊んでおいでな」

年増の女郎が幹次郎に声をかけ、仲間たちが笑った。

「お満《みつ》、会所のお武家をからかうんじゃねえぜ」

「知ってるよ。お内儀《ないぎ》は手習い所の汀女先生だろうが」

女たちは退屈していたのだ。

「神守様、こちらへ」

仙右衛門は京町一丁目と揚屋町の間の路地に姿を没した。

吉原には北東から南西に仲之町が、そして北西から南東に江戸町一、二丁目など七町の通りが仲之町に交差していた。だが、これは表通りでその間に客の入り込めない無数の通りや路地が複雑に走っていた。

仙右衛門は迷路のようなその暮らし道、蜘蛛道《くもみち》を伝って、一軒の店の前に神守幹次郎を案内した。腰高障子《こしだかしょうじ》に屋号などは入ってなかった。

「お針の口入屋、大塚屋にございます」

と幹次郎に説明した仙右衛門が戸を開いた。

幅二間（約三・六メートル）、奥行半間の土間の向こうに狭い板の間があって、天神机《てんじんづくえ》を前に老人が座っていた。

痩せた体に真っ赤な地の綿入れを着込んで、鋏《はさみ》で鼻毛を切っていたようだ。机の上に奉書紙《ほうしょがみ》があって、切った鼻毛が散っていた。

「番方か」

と皺《しわ》だらけの顔が言った。

「停止はいつ解けるね。これじゃあ、飯の食い上げだよ」

「すでに会所が動いている、もう少し辛抱《しんぼう》してくれ」

と答えた仙右衛門が幹次郎に入ってくるように合図すると自らは上がり框《がまち》に腰を据えた。

幹次郎は釣り竿を戸口に立てかけ、脱いだ菅笠《すげがさ》を手に土間に入り、仙右衛門の隣に半身で腰掛けた。

「重吉《じゅうきち》さん、五彩楼に送り込んだお辰が死んだぜ」

「いつのことだ」

大塚屋重吉は驚いた風もなく訊いた。

「七つ半（午前五時）、明け六つ（午前六時）時分かねえ」

仙右衛門はお辰の殺された刻限をそう推測していた。

「殺したのはだれだ」

「ほう、どうして殺されたと思われるね」

重吉が上目遣いに仙右衛門を睨み、

「馬鹿をお言いでないよ。番方のおまえさんがいきなりうちに来たんだ。尋常《じんじょう》な死に方じゃあるまい。それにお辰は才覚があった、こんなこともあろうかと常々考えていたんでね」

「金貸しをやっていたのを知っていたか」

「だれもが知っていたことさ」

と重吉は続けた。

「お辰をうちに呼んで、厄介《やっかい》なことが起こるぞ、お針に専念しろと窘《たしな》めたこともあるよ。年寄りの言うことを鼻でせせら笑って聞かないからこういうことになる」

「重吉さん、お辰を殺した相手に心当たりはねえか」

「どんな殺され方だ」

重吉の問いに仙右衛門がおよそのことを話した。

首を横に振った重吉が言った。

「開運稲荷で殺されたんじゃあ、世話はねえやな。金を貯めても運は開けなかったか。まず貸した金が元の諍《いさか》いだろうが、あの気の強いお辰を刺し殺すなんて、並みの野郎じゃないね」

「お辰が金を貸した相手は女郎だろう。下手人が男とどうして決めつけなさる」

「番方、おまえさんはお辰の気性を知らないからそう言うのさ。金を貸した相手が太夫だろうがなんだろうが、返済が滞《とどこお》るとなると容赦はないという話だよ。それにお辰はいつも帯に剃刀《かみそり》を隠し持っていたはずだ。それに女郎衆の気持ちは番方のほうがよく承知だろう、見栄と張りに生きる女郎が己の手を血に染めるとはとても思えないのさ」

「女郎に頼まれた男が手を下したと言いなさるか」

「さあ、そこまでは」

「お辰が金を貸した相手に心当たりはないかえ」

「番方、知らないね。今喋《しゃべ》ったことも、お針たちの噂を小耳に挟んだだけでねえ、それが真実かどうかも当てにならない」

「お針としての腕はどうだった」

「大塚屋が抱えるお針の中でも五本、いや三本の指に入るね」

仙右衛門が幹次郎を見た。

「主どの、お辰さんはいくつにござるな」

皺くちゃの貧相《ひんそう》な顔が幹次郎を向き、

「若くは見えるが二十八だ。母親のすみもお針でねえ、子供時分から亡くなったすみに物差しで叩かれ叩かれ、お針仕事を覚えさせられたんで、腕はしっかりとしたもんだ」

「お辰さんの父親はどなたですか」

幹次郎が訊くと、重吉が仙右衛門を見た。

「そいつは番方のほうが詳《くわ》しかろうぜ」

「お辰の父親ねえ、吉原には夫婦揃った家なんて珍しいからね。父親がだれかなんて考えもしなかったよ」

仙右衛門が答え、重吉が付け加えた。

「私の記憶だとすみの相手は遊里の外の男と思ったがねえ。二、三十年前にすみがお針を二年ばかり休んだことがあるよ。それ以上、詳しいことは覚えがないやねえ」

「となるとそのへんのことを承知なのは七代目かな」

仙右衛門が呟《つぶや》き、幹次郎が重吉に話しかけた。

「お辰さんはなかなかの容貌《ようぼう》でございますな」

「旦那、おっしゃられる通り、お辰が十五、六のころにはお針よりも女郎にという話も二、三ありましたよ。だが、すみが頑《がん》として、浮き沈みの激しい遊女にはしないとお針に仕立て上げたのさ」

「好きな相手はいなかったのですか」

「お辰に男がいたとは思えないね。だって、お針に寄ってくるとしたら、まず金目当てだ」

と重吉は断定した。

「重吉さん、お辰が貯めた金子《きんす》や貸し金の元手をどこに預けていたか、知ってなさるか」

仙右衛門が重吉に遠回しに預かってないかと訊いた。

「番方、うちは一文《もん》も預かってないよ。わたしゃ、お辰が貯め込んだ金は百両や二百両じゃあきかないと睨んでましたがねえ」

「お辰に身寄りはなかったかえ」

「母親が死んだあと、お辰に身許引受人《みもと》はないままだったねえ」

「となると弔《とむら》いは会所で出すことになるか」

仙右衛門が自問するように言うと重吉を見た。

「うちに亡骸を持ち込まれても困るよ」

とお針の口入屋の主が慌てて手を振った。

「重吉さん、そんなことはしないさ。だが、言い忘れたことがあったら、直《す》ぐに会所に知らせるんだぜ」

と仙右衛門が念を押した。

「承知しましたよ」

ほっとした顔で重吉が答えた。

三

仙右衛門と幹次郎はお辰のいた五彩楼を訪ねようと仲之町の待合ノ辻に出た。

「ちょいとお待ちを」

仙右衛門が、探索の途中経過を四郎兵衛に報告してくると言うと会所に入っていった。

幹次郎は、無用にも持ち歩いた釣り竿を置いていこうと、会所の戸口に立てかけた。

そのとき、閉じられた大門脇の通用口を凛《りん》とした香気を漂わした女が潜って姿を見せた。

「姉様」

江戸小紋《こもん》を端然《たんぜん》と着た汀女は胸に絞りの風呂敷包みを抱えていた。それには手習い塾で使う書物や歳時記《さいじき》が入っているのだ。

「幹どのはその形《なり》で吉原を訪ねられたか」

と汀女は釣りに出たままだった亭主を呆《あき》れたように見た。

「釣りの最中に会所に呼ばれた。それに吉原はただ今は閉門停止にござれば、客もおらぬ」

幹次郎は汀女に言い訳した。

「幹どの、それにしても破れ笠はよくございませぬ。脱ぎなされ」

姉様女房は風呂敷包みを幹次郎に持たせると破れ笠の紐を解いて脱がせ、

「これ以上はどうにもなりませぬな」

と笑った。

「朝餉は山口巴屋で馳走になった」

「それはようございました」

風呂敷包みと破れ笠を交換した汀女は、

「玉藻様にご挨拶して参りましょう」

と山口巴屋に向かった。

幹次郎は、破れ笠を釣り竿の横手に置いた。

そのとき、仙右衛門が姿を見せた。

「神守様はお幸せだ」

「見られたか」

汀女が幹次郎の破れ笠を脱がせて世話する光景を会所の中から見ていたらしい。

「この里には大名だろうが分限者《ぶげんしゃ》だろうが気に入らなければ、袖にする花魁《おいらん》はいくらもおりますがねえ、惚《ほ》れ合った夫婦の味を知る太夫はいませんや。あの様子を見たら、花魁衆はだれでも切歯《せっし》しましょうぜ。神守様、汀女先生を泣かす真似をなさってはなりませぬぞ」

「はい、そう努《つと》めます」

「そう素直に返答されるとわっしも立つ瀬がない」

笑みを浮かべた仙右衛門の顔が引き締まり、

「やはりお辰はなにも身につけていませんでしたよ」

と会所の中で改めて行われた検視の結果を報告した。

頷いた幹次郎は訊いた。

「五彩楼にはすでに知らせが行っているのですか」

「いえ、七代目の命で止めてございましてねえ、わっしらが最初に知らせる役を負わされております」

伏見町は吉原会所の前から待合ノ辻を横切り、面番所の傍らから南東に延びた両側町だ。

お辰が住み暮らしていた五彩楼は、半籬の妓楼だ。

「お辰は吉原でも三本の指に入る腕前のお針と大塚屋どのは申されましたな。なぜ、大籬の妓楼に勤めなかったのでございますな」

五丁町のうちで比べると、伏見町はどうしても見世の格が落ちた。

「お辰の腕なら三浦屋《みうらや》だろうとどこだろうと住み替えが利いたと思いますよ。だが、そうなればお針の朋輩《ほうばい》三人とひと部屋に暮らすことになる。お辰は、五彩楼たったひとりのお針です、仕事は自分の都合でできるし、金貸しのほうも大目に見てくれる中どころの楼をわざわざ選んだのだと思いますねえ」

五彩楼は通りの中ほどにあった。

ふたりは潜り戸から見世に入った。

右手には遊女たちが遊客に声をかける張見世《はりみせ》が行われる、籬《まがき》（格子）の嵌《はま》った細長い部屋がある。

仙右衛門はそれを横目に五彩楼と染め抜かれた暖簾《のれん》を潜ると土間に入った。

暗がりに湿気《しけ》た匂いが漂っていた。

二階から女たちの騒ぐ声が響いてきた。花札でもして遊んでいる様子だ。

四つ半（午前十一時）、明け方に客を送り出した遊女たちが、二度寝してようやく起き出す時分だ。

朝湯触れが遊女部屋を触れて歩き、まず居続けの客が入った後に女郎衆が湯を使った。そして、台所では出入りの魚屋や八百屋が顔を出して注文を伺い、吉原が活気を取り戻す刻限でもある。

だが、閉門停止ですべてが狂っていた。

「ごめんなさいよ」

仙右衛門が奥へ声をかけた。どてらを引きずった男が不景気そうな顔を出した。

「番方か、いい知らせかえ」

「新左衛門《しんざえもん》様、悪い知らせだ」

「吉原の大門が閉じられて何日だ。これ以上、悪い知らせたあなんだ」

新左衛門が怒鳴った。

「お針のお辰さんが殺された」

ぽかんと口を開け、しばらく呆然《ぼうぜん》としていた新左衛門が、

「なんてこった。で、殺《や》ったのはだれだ」

「開運稲荷で刺し殺されていた、持ち物はなにも持ってない。分かっているのはそれだけだ」

そう答えた仙右衛門は、

「お辰の部屋を見せてくれまいか」

と用件を述べた。

「狭くて汚いけど」

「御用だ」

新左衛門の遠回しの断りをこのひと言で斥《しりぞ》けた仙右衛門が幹次郎に頷くと、板の間に上がった。

新左衛門が仕方なしに廊下の奥へと案内していった。

お針のお辰の部屋は、一階奥の小さな裏庭に面した六畳間で、そこが仕事場兼寝所《しんじょ》になっていた。

部屋の真ん中には打ち直しの綿を入れかけた夜具が広げられていた。裁縫箱《さいほうばこ》や物差しなどがその周りに散っていた。

お辰は仕事の最中に外に出た気配を残していた。

簞笥《たんす》がひと棹《さお》、その他には大きな袋が三つばかり部屋の隅に積んであった。女郎衆の着物を仕立てた余りの端切れが詰め込んであるのだ。

「新左衛門さん、立ち会ってくんな」

仙右衛門は箪笥の一番下の引き出しに手をかけた。

幹次郎は狭くて暗い裏庭の一角に裏戸があるのを確かめ、そこにあった女物の下駄を履《は》くと庭に下りた。

裏戸を押し開けると狭い路地が左右に延びていた。

「主どの、お辰さんはこの裏戸から勝手に出入りしていたようじゃな」

所在なげに立っている新左衛門に訊いた。

「お針ですからねえ、うちの奉公人のようでそうじゃないや。好きにさせてましたよ」

「お辰さんがいつ出かけられたか、主どのはご存じか」

部屋に戻った幹次郎がさらに訊いた。

「お辰が暇に飽《あ》かしてうちの夜具の打ち直しをやっていたのは、承知してましたがねえ、出かけたのは気がつかなかった。なにしろ吉原から灯りが消えて止めどもなく一日が長いや。主も女郎もだらけ切ってさ、お針がいるのか、いないのか気も回らなくてねえ」

幹次郎は庭から仙右衛門が三段目の引き出しを開けるのを見ながら、ふと裁縫箱に目が行った。半ば開けられたままの小引き出しに見覚えのあるものが見えた。

おはじき程の大きさの石礫は、お針の道具として使われるのかと思いながらも幹次郎はそのひとつを手に取った。

墨で酉という一文字が書かれていた。

開運稲荷の殺害現場で拾ったのと同じ小石だ。となるとあの石礫は子供の遊び道具などではなく、お辰のものと考えたほうがよさそうだ。

他の石礫を見ると、午《うま》の字が三つ、子《ね》の字が二つ、卯《う》の字のものが一つあった。

「主どの、これはお針の道具ですか」

手にした小石を見せると新左衛門が、

「さあて、わたしゃ、知らないね」

と答えた。

「預かります」

幹次郎は開運稲荷で拾った石礫と新たに見つけた小石の八つを手拭《てぬぐ》いに包み込み、懐に入れた。

箪笥を調べ終えた仙右衛門が訊いた。

「新左衛門さん、お辰の金を預かっていたかえ」

滅相《めっそう》もないというように新左衛門が首を横に振り、

「冗談はなしだ。あれほど金にしわい女もいなくてねえ、一旦《いったん》握ったら他人の金でも離さない、鼈《すっぽん》みてえな女だよ」

「箪笥の中には一文の金もない」

仙右衛門はさらに端切れの詰まった袋をひっくり返し、裁縫箱を調べ、天井裏など部屋じゅうを探した。

「新左衛門さん、他にお辰が物を置く場所はないかえ」

「お針の城はこの部屋だけだ」

「新左衛門さん、おまえさんはお辰が金貸しをやっていたのを知らなかったわけではあるまい。かなりの金子と証文《しょうもん》の書付がなければおかしいがねえ、それがどこにもない」

「番方、うちはお辰とは、お辰の死んだおっ母《か》さんの代以来の長い付き合いでねえ。その上、仕立ての腕は抜群《ばつぐん》だ。お針としては文句のつけようもない。だがな、あれほど金に執着《しゅうちゃく》する女もいないや。金に関してはだれも信用なんぞしてなかったねえ。うちじゃあ、会所と一緒だ、見て見ぬ振りを通してきた。だれに貸して、どこに金を仕舞っていたかなんて知りたくもないや」

新左衛門は一息に喋った。

「五彩楼の女郎さんでお辰から金の融通《ゆうずう》を受けた者はいないかえ」

「うちではお針以外の商いはするなと、それだけはお辰に釘を刺していた」

「じゃあ、お辰と仲のいい朋輩はいないかえ」

「お辰と仲のいい仲間がいたらお目にかかりたい。あいつは己しか信用してねえ女だ」

「主どの、この楼で一番着物を仕立てる女郎はどなたです」

幹次郎が訊いた。

「なんたって花乃矢《はなのや》だな」

「花乃矢さんとお辰さんの仲はいかがですな」

「花乃矢はお辰の腕がいいんで仕立てを頼んでいただけで、お辰の金貸し商売を毛嫌いしていたよ」

「反対に注文が少ない女郎さんはだれですか」

「着物を仕立てない女郎ねえ。そりゃあ、藤巻《ふじまき》だ」

即座に答えた。

「藤巻は御家人《ごけにん》の妻女《さいじょ》だった女だが、旦那が死んで吉原に身を沈めた。金子に恬《てん》淡《たん》とした女でねえ。仲間付き合いも決してよくないが、なにしろ武家の女房、文字も書ければ、和歌も詠《よ》める。朋輩には一目《いちもく》置かれた女さ。女郎としては面白みのない女だが、そんな藤巻が好きだと熱心に通う客が何人かいる」

「こちらに借財はございますので」

「そういえば、うちで借金がないのは藤巻だけだな」

「話が聞きたいな」

仙右衛門が即座に言った。

「番方、二階に藤巻を訪ねてみなせえ。話をしてくれるかどうか、わたしゃ知らないよ」

楼主の許しを得て、ふたりは大階段を上がった。遊女や客の監視役の遣手《やりて》に仙右衛門が、

「藤巻さんに会いたい」

と用件を伝えた。すると遣手が黙って大廊下の奥を指差した。女たちが騒ぐ部屋とは中庭を挟んだ反対側で、その辺りはひっそりとしていた。

藤巻は部屋持ちの遊女だった。

仙右衛門が廊下を足音も立てずに歩き、角部屋で膝をついた。

「藤巻さん、会所の仙右衛門だ。ちょいと話を聞かせてもらえんか」

しばしの沈黙のあと、

「番方、お入りなさい」

と細い声が招いた。

仙右衛門が障子を開けると、抜けるように透き通った肌の細面《ほそおもて》の女が仙右衛門を見た。そして、後ろに立つ幹次郎に視線を移すと、

「おや、汀女先生の亭主どののまでご入来《にゅうらい》ですか」

と呟いた。

どうやら藤巻は汀女の弟子《でし》のようだ。

「風邪気味で手習い塾を休んだのを後悔していたところでした。まさか先生の呼び出しに自慢の亭主どのがお出《い》でになったのではありますまい」

はかない風情《ふぜい》を漂わせた藤巻は二十四、五歳か。

火鉢の上の鉄瓶が静かに音を立てている。

その傍らには一尺《しゃく》（約三十センチ）四方ほどの津軽《つがる》塗りの小物箱があって、その上に小座布団が敷かれ、老《お》いた三毛猫《みけねこ》が眠っていた。

部屋の佇《たたず》まいは女郎の部屋の華やかさに欠けて、どこか尼寺《あまでら》の清楚《せいそ》さに通じるものがあった。

「藤巻さん、お針のお辰と馬が合ったそうだな」

「番方、お辰さんと馬が合う人がいたら、お目にかかりとうございます」

と苦笑いを浮かべた藤巻が、

「お辰さんの身になにが起こりましたか」

と訊いた。

仙右衛門が事情を話した。

「こんな日が訪れるのではと心配しておりました」

藤巻の顔が悲しみに曇った。それは仙右衛門らの手前、取り繕《つくろ》った悲しみとも思えなかった。

「お辰がお針の他に隠れ仕事を持っていたことを承知だな」

藤巻が頷く。

「お辰を殺した人物に心当たりはないか」

「さあて、それは」

藤巻が顔を曖昧《あいまい》に振った。

幹次郎が質《ただ》した。

「藤巻どのはお辰さんと馬が合う人がいたら、お目にかかりたいと申された。口入れ屋とこの楼の主どのもお辰さんには親しく心を許した仲の者はおらぬと言われた。だが、女ひとりで金貸しをやるのは大変でござろう、借金をしたい女郎衆と金貸しのお辰さんを仲介する者がいなくてはならぬはずだ。番方がお辰さんの部屋を調べたが、金も証文も出てこなかった。となれば、金子と証文を預けられる人物が近くにいなければならぬ道理だ」

幹次郎は懐の手拭いを出して、お辰の裁縫箱の引き出しで見つけた石礫をふたりの前に広げた。

小石の平に卯、午、酉、子の四文字が書かれてある。

「番方、藤巻どの、この中のひとつはお辰さんの殺された開運稲荷の賽銭箱の下で拾い、残りの七つはお辰さんの裁縫箱の小引き出しで見つけたものでござる」

なんと、と仙右衛門が呻《うめ》いた。

「この小石、なんでございましょうな、まるで判じ物です」

「藤巻どの、卯、午、酉、子の四文字は、方角の東西南北に通じます。となれば、吉原の四隅に安置された四稲荷を意味しませぬかな。卯は、明石稲荷、午は九郎助稲荷………」

「そして、酉はお辰が殺されていた開運稲荷か」

仙右衛門が呟く。

「そこに酉の字の石礫が落ちていたのです」

「神守様、これがお辰の金貸し仕事に関わりがありますので」

「お辰さんと手伝いの者を結ぶつなぎ石ではありませぬか。四つの稲荷社のどこかで金子の受け渡しと決めたら、お辰さんが裏口の戸の外に小石のひとつを置いておく。すると路地に入ってきた手伝いの者が石礫の文字を読んで、金を借りたい女郎にどこそこの稲荷社で待てと伝えるとか」

「なあるほど、そいつは面白うございます」

「番方、推量です」

「となると石礫を拾う男が今度の殺しの鍵を握るな」

「藤巻どの、お辰さんは周りに隠していたが、惚れた男がいたと思える。それがだれか漏らしたことはござらぬか」

藤巻の目が幹次郎を見た。

「どうしてそう言い切りなさる」

「金に執着するお辰さんが信頼する相手がいたとしたら、血を分けた肉親か、肌身を許し合った男でございましょう。だが、お辰さんには親兄弟はいないという」

藤巻が微笑《ほほえ》んだ。

この男は女心が分かっておりませぬなというような微笑だった。

「見当違いですか」

「さて、それは」

「やっぱり見当違いだ」

と自答した幹次郎が、

「藤巻どの、お辰さんが金子と証文を預けそうな人物をご存じないか」

「神守様が推量なされたように、男衆ではありませぬか」

「いや、お辰さんが自分の手の届かぬところに大事な財産を預けるわけもない。たとえそれが惚れ合った相手でもな」

「ようできました」

藤巻が言った。

汀女が幹次郎を褒める語調と似ていた。

「ただし神守様、お辰さんが信を置いた相手は人間ではありませぬ」

「とすると」

藤巻の目が悪戯《いたずら》をする子供のように笑い、裁縫箱の上の小座布団に丸まって眠る老猫《ろうびょう》を見た。

「この、うめでございます。うめはお辰さんの飼い猫です」

「なんと」

仙右衛門が驚きの声を漏らした。

四

吉原会所の奥座敷に七代目頭取の四郎兵衛と番方の仙右衛門、そして幹次郎の三人が額《ひたい》を合わせていた。

その真ん中には三百七十余両もの大金、借用証文の束、それに八つの石礫が置かれてあった。

「お針の稼《かせ》ぎでこれだけの大金は貯まらぬはたしか、裏の稼ぎでしこたま儲《もう》けたとみえる」

四郎兵衛が言うと証文の書付を取り上げ、

「名だたる太夫が十数人もお辰の客だ、呆れたもんだ」

と嘆《なげ》き、

「神守様、この中にお辰を殺した下手人が入ってましょうかな」

「女の手で殺したとは思えませぬ。いつも帯に剃刀を挟んでいるお辰さんが気を許す相手となると、まず考えられるのは手先を務めていた男、この人物を探り出すことが先決のような気がします」

幹次郎は、酉と書かれた石礫を見た。

「なんぞ考えはございますかな」

「四郎兵衛様、お辰の父親をご存じですか」

「すみの相手か」

遠い記憶を辿《たど》るように両の瞼《まぶた》を閉じていた四郎兵衛が、

「越後《えちご》浪人《ろうにん》佐多《さた》平八郎《へいはちろう》といいましたかな。お針のすみが成田詣《なりたもう》でに行った折りに知り合ったはずでな、ふたりは吉原を出て、小梅村《こうめむら》に移りました。ですが、相手は浪人者、二年余りあとに食うに困ったすみは乳飲《ちの》み子のお辰を連れて吉原に舞い戻ったのです」

「健在ですか」

「いえ、すみが亡くなった前後に死んだと聞いております。今から十数年前のことです」

「佐多どのとすみには、すみが吉原に戻ったあとでもつながりがあったのでしょうか」

「嫌いで別れたわけではありませぬからな。お辰という子もなした仲、つながりはあったと思えます。神守様、気になるならば、古い日誌を読み返してみますが」

「お願いします」

頷いた四郎兵衛が、

「こちらは神守様にお任せするとして、番方、借用証文に名がある女郎たちを調べ上げてみよ」

「はい」

と仙右衛門が畏まった。

この夕刻、三ノ輪《みのわ》の浄閑寺《じょうかんじ》でお辰の通夜《つや》が行われた。

浄閑寺は、日本堤のどん詰まりにあって、別名投込寺《なげこみでら》と呼ばれ、吉原の遊女二万人が葬《ほうむ》られた寺であった。

三百七十余両もの大金を残したお辰の通夜に集まったのは男ばかりで、お針の口入屋の大塚屋重吉、お辰が勤めていた五彩楼の新左衛門、四郎兵衛、番方の仙右衛門、そして数名の会所の若い衆と神守幹次郎だった。

お辰から借金を負っていた女郎たちは仙右衛門からその死を知らされたとき、ほっと安堵《あんど》の表情を浮かべたという。だが、だれひとりとしてお辰の死を哀《かな》しんだ者はいなかったそうな。

またお辰が殺された明け方、十数人のうちのだれもが楼にいて眠りに就いていたと仙右衛門らに証言したという。

むろんこれで女たちの疑惑が晴れたわけではない。明日から一人ひとりの身辺が調べられることになっていた。

読経《どきょう》ののち、男たちが焼香《しょうこう》し、通夜は終わった。

重吉と新左衛門は早々に浄閑寺を後にした。

四郎兵衛らはお辰の亡骸を前に酒を酌《く》み交わし、お辰の生涯などを語り合った。

その話も尽きた頃、

「四郎兵衛様、お辰さんの残された大金の始末をどうなされますので」

幹次郎が訊いた。

「気になりますかな」

「私の他にも気にしておる者があるように思えましてお尋《たず》ねしました」

「なんぞこの金を餌に仕掛けろと申されますので」

「お知恵がございましょうか」

「なんとか絞り出してみますか」

四郎兵衛は酒を口に含むと瞑想《めいそう》した。

翌日の夜明け、お辰の亡骸を入れた早桶《はやおけ》が浄閑寺の墓地の一角に埋められようとするのを四郎兵衛が止め、桶の蓋《ふた》を開けさせると、

「お辰、成仏《じょうぶつ》しねえ。おめえの財産はおめえの遺言《ゆいごん》通りに始末するぜ。それまでおめえが抱えていな」

と老猫が守ってきた三百七十余両の小判の包みを投げ入れた。

その昼下がり、神守幹次郎は独り山谷堀の今戸橋際から出る竹屋《たけや》の渡し舟に乗って、対岸の須崎村《すざきむら》に渡った。

お辰の両親の越後浪人佐多平八郎とすみが暮らした小梅村は、須崎村に接していた。

四郎兵衛の二十数年前の日誌には、お針が吉原を出て浪人者と一緒になったことが書かれていて、住まいは小梅村の大百姓五平《ごへい》の長屋ということが判明した。百姓五平の屋敷は、広い小梅村の東西に掘り抜かれた北十間川《きたじっけんがわ》の西の堀留付近にあった。

幹次郎が長屋門を潜ると庭に穏やかな陽光が降り注ぎ、老人が落ち葉や枯れ枝を集めて燃やしていた。

「五平様にお目にかかりたいのですが」

後頭部に生え残った白髪《しらが》を小さな髷《まげ》にした老人が幹次郎を見た。

「五平は私じゃがどなたかな」

「神守幹次郎と申しまして、いささか吉原の四郎兵衛会所につながりのある者です。昔、こちらの長屋に暮らしておりましたお針のすみと佐多平八郎どの夫婦についてお尋ねしたく参りました」

「なんと、三十年近くも前の話ですぞ」

幹次郎は頷いた。

「そのころは私の親父が健在でしてねえ。すみは大きな腹を抱えてうちの古着の仕立て直しをしたり、綿の打ち直しを手伝ったりと忙しそうに働いておりましたよ」

「佐多平八郎という人物はいかなる御仁《ごじん》でございましたか」

「白面《はくめん》の貴公子《きこうし》とはあのような顔立ちにございましょうな、ともかく端正《たんせい》な顔立ちでした。ふだんの人柄は実に気さくな人ですがねえ、いったん酒が入ると白い顔がさらに青く透けて見えるようになり、一日でも二日でも際限《さいげん》なく呑み続けるのです、すみは酒代に苦労したと思いますよ」

「それが、すみさんがやや子を抱えて吉原に戻られた曰《いわ》くですか」

「間違いございません、金に困ってのことです」

「すみとお辰親子が吉原に去ったあと、佐多どのはどうなされていたので」

「ええ、うちの長屋に留《とど》まり、十日に一度くらいの間で妻子が訪ねてくるのを待つ暮らしを続けておいででした。今思えば、自堕落《じだらく》な暮らしに慣れた浪人さんでしたねえ」

「別れ別れの暮らしは何年ほど続いたのでござろうか」

「さて、一年かな。浪人さんが御家人の後家《ごけ》を長屋に連れてきたのです。それでひと騒ぎありまして、すみは顔を見せなくなった」

「佐多どのはやはりこちらに」

「ええ、三年はその後家と暮らして男児を儲けました」

「お辰さんには異母弟《いぼてい》がいるということですな」

「四つ年下のねえ」

「そのことをすみ、お辰母子は承知でございますか」

「承知もなにも、すみとお辰、李一郎《りいちろう》はうちの長屋で一緒に暮らしたこともありますよ」

「どういうことでござるか」

「いえね、後家が男を作って李一郎を置き去りに出ていき、それを知ったすみと浪人が縒《よ》りを戻したというわけなんで。ふたたびすみが川を渡って通う暮らしが死ぬまで続いたということです」

「四人の暮らしがふたたび壊れたのは佐多どのの死によってですか」

「さよう。そのあとを追うようにすみが亡くなり、この長屋には李一郎だけが残された。もはやお辰は吉原のお針見習いの仕事をしていましたからな」

「李一郎はどんな子供でした」

「父親譲りのきれいな顔立ちで、それをよいことに近所の娘に悪戯を繰り返す、いっぱしの悪党でしたねえ。うちをふらりと出ていったのが十年も前か」

「ただ今の歳は二十三ですか」

「およそそれくらいでしょう」

「お辰と李一郎の仲はどうでしたか」

「お辰は弟の面倒をよくみてましたよ。李一郎はどう思っていたか知りませんがねえ」

五平は焚《た》き火に新たな落ち葉をくべた。すると小梅村の空に薄い煙が立ち昇った。

吉原会所の壁は一種の高札場《こうさつば》の役目を果たしていた。廓内の住人に向けたいろいろな触《ふ》れを張り出すところだ。

その壁に新たな触れが張り出された。

「吉原五丁町各位
伏見町五彩楼付のお針、お辰不慮《ふりよ》の死により身罷《みまか》ったこと、さらに通夜及び仮弔いは浄閑寺にてすでに執《と》り行いしことを併《あわ》せて通告す。

お辰の飼い猫うめが守り通した形見の件について遺言あり。肉親あらば会所まで三日以内に申し出よ。

申し出なき場合はお辰の遺言に従《したが》いて遺骸とともに形見の品々火葬に付すことを通告す。

吉原会所　七代目頭取四郎兵衛」

その朝も山谷堀から日本堤にかけて濃い朝靄が漂い流れていた。

神守幹次郎は、江戸の刀研ぎ師が豊後行平《ぶんごゆきひら》と睨んだ長剣と脇差《わきざし》を腰に手挟《たばさ》み、足を左右に開いて、腰を沈めた。

ふうっ

と息が吐かれ、吸われた。

息を止めた。

しゃっ

と朝靄をついて鞘鳴《さやな》りが響き、二尺七寸（約八十二センチ）の剣が一条の光になって円弧《えんこ》を描き、空気が両断された。

小早川彦内直伝《じきでん》の眼志流の一手、

「浪返《なみがえ》し」

だ。

幹次郎は大気と身を同化させながら、ひたすら丹念に同じ技を繰り返し稽古《けいこ》した。

「神守様！」

切迫した声が土手上からかかった。

鞘に剣を納めると見上げた。

宮松が日本堤に立って、荒い息を吐いていた。

「西河岸の切見世女郎のお兼が殺されました」

「しまった」

幹次郎は思わず叫ぶと土手を駆け上がった。

「殺された場所はどこだな」

肩を並べて走りながら宮松に訊いた。

「九郎助稲荷で」

やはりお辰の周辺には危険な人物が潜《ひそ》んでいたのだ。

ふたりは衣紋坂を駆け下り、大門の通用口から仲之町を水道尻まで一気に走りぬくと左手に曲がり込んだ。

前方に提灯《ちょうちん》の灯りがちらちらとした。

吉原の午《うま》の方角の隅に鎮座する九郎助稲荷の狭い境内には、四郎兵衛自らが出張っていた。

「神守様、抜かった」

四郎兵衛が嘆いて、視線を朱色の鳥居の下に倒れたお兼の死体に移した。

傍らには番方の仙右衛門が膝をついて検視していた。お兼の着物は傷口を調べるために背中が大きく広げられていた。

「御免」

幹次郎も腰を下ろした。

「神守様、お辰を殺したのと同じ野郎の仕業だ。こいつを見てくだせえ」

背中にひと突き、棟をのこぎり刃のように鋭く尖《とが》らせた小刀で刺されたとみえる。

「お兼は殺されたお辰の発見者ばかりではございませんでしたな、殺しの様子を見ていて、下手人を承知していたんだ」

「金でも強請《ゆす》り取ろうとしたのでござろうか」

「まず間違いございますまい。だが、相手がこれほど危険な人物とは考えもしなかった」

幹次郎は四郎兵衛が立つ拝殿前に近寄った。

「神守様、そなたが調べ上げてきた佐多李一郎が吉原に潜《もぐ》り込んでいて、異母姉のお辰とお兼を殺したとみるべきでしょうな」

幹次郎は頷いた。

「七代目、李一郎をあぶり出している最中に先を越された」

なにしろ狭い吉原の廓内に男衆が数千人も住み暮らしているのだ。いくら年恰好が知れているとはいえ、名前を変え、風体《ふうてい》を凝《こ》らして潜んでいる者を探り出すのは容易なことではない、時間がかかった。

「お兼のことを甘く考えすぎました」

お兼は欲をかいたばかりに殺された。

そのことを仙右衛門は嘆いた。

それは神守幹次郎の後悔でもあった。

「四郎兵衛様、浄閑寺には動きがございませぬか」

お辰の亡骸を埋葬した浄閑寺にも四郎兵衛会所の手の者が張り込んでいた。

四郎兵衛が顔を横に振った。

「期限まであと二日ございます。それに望みを託《たく》しますか」

「今のところそれしか打つ手はありませんな」

四郎兵衛が祈るように言った。

安永八年（一七七九）、角町の妓楼の主の大黒屋正六《だいこくやしょうろく》が吉原京町二丁目裏に見《けん》番《ばん》を創設して頭取の地位に就き、妓楼は廃業した。そして、その傘下《さんか》に女芸者や男芸者を置いた。

新吉原が浅草裏に移転してきた当初には、酒席に興を添えるため遊女自らが舞い、謡《うた》った。

だが、時代が下《くだ》るにつれて舞や謡《うたい》、三味線《しゃみせん》を専門に演ずる者が出てきた。ここに女芸者や男芸者（幇間《ほうかん》）という新たな職が現われたのである。

女芸者の中でも長唄《ながうた》、豊後節《ぶし》、一中節《いっちゅう》、義太夫《ぎだゆう》をよくするものを芸子《げいこ》と称した。

この安永期、芸子十人、女芸者五十余人、男芸者二十人ほどがばらばらに働いていた。それを目敏《めざと》く見て、組織化したのが大黒屋正六であった。

吉原が大黒屋に見番創設を認め、その傘下に女芸者、男芸者を組織させたには理由があった。

女芸者が密かに色を売り、遊女の職域を荒らすことを恐れたからだ。そこで見番を認めるに当たって女芸者の、

「髪は島田髷《しまだ》にかぎり、髪飾りは笄《こうがい》一本、櫛《くし》一枚、簪《かんざし》一本（金色禁ず）

衣類は無地紋付《もんつき》白襟（縮緬以上を越えず）

帯は縞《しま》模様を禁ず
酒席にては客との密話を禁ず」

などと遊女との区別を厳しく定めた。

必然的に女芸者は相貌醜《そうぼうしゅう》を選んで、遊女の美が際立つようにした。

男芸者には滑稽《こっけい》の芸を売り物にして座を盛り上げる幇間の他、女芸者の三味線持ちや太鼓方に若い美男をわざと配したりした。

佐多李一郎は吉原に太助《たすけ》の名で入り込み、男芸者の太鼓方見習いになった。それは異母姉のお辰が密かに手を回してできたことだ。

お辰は太助こと李一郎を金貸しの仲介方に使うことを考えて廓内に住まわせることにした。が、お辰との関わりは一切秘密にしてきた。

その夕暮れ、腰を屈《かが》めた太助は、三尺（約九十一センチ）ほどの長さの細長い包みと太鼓を手に吉原の大門通用口を出ようとしていた。

「大黒屋の太鼓方、太助にございます。太鼓の皮の張替えを頼みに浅草門前の太鼓屋まで参ります」

と門番に丁寧に断ると廓の外に出た。

衣紋坂をすたすたと早足で歩く太助の腰が伸びて、五尺八寸（約百七十六センチ）余の偉丈夫《いじょうふ》に変わった。

衣紋坂の途中にある吉徳《よしとく》稲荷に立ち寄った太助は、太鼓を稲荷社の床下に隠した。そして、細長い包みだけを手に日本堤に出ると左に曲がり、濃くなった闇に溶け込むように姿を没した。

浄閑寺境内に夜半九つ（午前零時）の鐘が浅草寺《せんそうじ》から響いてきた。

太助は、いや、佐多李一郎は迷いを振り切るように吉原遊女の投込寺の墓地に入ってきた。その手には細長い包みと、どこで手に入れたか、鍬《くわ》が提《さ》げられていた。

李一郎は迷いなく異母姉のお辰が埋められた墓の前に来た。仮葬されるとき、墓地の一角からその様子を眺めていたのだ。

「異母姉《ねえ》さん、おめえは死んだ後まで厄介をかけるぜ」

そう呟いた李一郎は細長い包みを墓の前に置き、鍬を振り翳《かざ》そうとした。

みゃうー
お辰の卒塔婆《そとば》の陰から老猫のうめが姿を見せて、李一郎を見上げた。

一瞬、ぎょっとした体《てい》の李一郎は、

「びっくりさせやがるぜ」

と言いながらも、

「おまえは異母姉さんの飼い猫だな」

と訝《いぶか》しげに辺りを見廻した。

「因業《いんごう》な飼い主に忠義立てか」

李一郎が鍬を改めて振り翳そうとしたとき、

「佐多李一郎、待ちかねた」

という声がして、吉原会所の七代目四郎兵衛が姿を見せた。

愕然《がくぜん》と振り返った李一郎が、

「四郎兵衛か、どうやらこちとらの身許が割れているようだな」

鍬を捨て、持参した包みを解くと現れた、塗りの剝《は》げた父親の形見の一剣を腰に差した。

「異母姉を殺した曰くは金か」

「異母弟《おとうと》のおれをまるで下男《げなん》のようにこき使いやがった。その上におれが惚れた局見世の女郎を身請《みう》けしたいと四十両ばかり無心したら、罵倒《ばとう》した上に吉原から叩き出すと抜かしやがった。吉原をおん出るのに異論はねえ。ならば異母姉を殺して、そっくり貯めた金を掻《か》っ攫《さら》っていくまでと考えたのよ」

「佐多李一郎、吉原を小馬鹿にするにもほどがある」

「四郎兵衛、吉原会所の七代目なんてほざいてのさばっているが、足元で起こっていることもご存じねえようだな」

「どういうことかな」

「閉門停止の裏の裏の理由《わけ》だ」

謎めいた言葉を最後に李一郎が口を噤《つぐ》み、右手を懐に入れた。

「お辰の金は諦《あきら》めた。その代わり、おめえの命をいただくことにした。異母姉が貯めた金くらいにはなろうさ」

懐手が出されると小刀が握られていた。

「それでお辰とお兼を刺したか」

「お兼の奴、おれとお辰の関係に気づいて強請りやがった」

そう言った李一郎は五間先の四郎兵衛目掛けて、津山臣《つやまのしん》源《みなもとの》守《かみ》秀造《しゅうぞう》が鍛《きた》えた、棟がのこぎり刃の小刀を投げ打とうとした。

その直前、墓の一角から石礫が投げられ、それが小刀を持つ手に、
発止《はっし》！

と当たった。

「な、なにをしやがる」

小刀を取り落とした手で父親譲りの剣を引き抜いた。

「その石礫は異母姉さまと異母弟をつないだ縁《えにし》、もはや切れたがそなたにお返しする」

着流しに破れ笠の神守幹次郎が四郎兵衛と佐多李一郎の間に入り込んだ。

「吉原会所の用心棒か、邪魔する者は斬《き》る！」

李一郎は剣を八双《はっそう》に立て、しばし間合を計るように幹次郎を見た。

幹次郎の左手は剣の鞘元に副《そ》えられていたが、右手は、
だらり
と垂れたままだ。

「おおおっ！」

雄叫《おたけ》びの後、李一郎が怒濤《どとう》の突進を見せて、八双の剣を幹次郎の首筋に振り下ろしてきた。

存分に李一郎を間合の中に引き付けた神守幹次郎の眼志流秘剣、

「浪返し」

が鞘走り、一条の光と化した長剣が李一郎の腹から胸を存分に斬り上げた。

その直後、幹次郎の体が相手の左前方へ飛んでいた。

後《ご》の先《せん》が佐多李一郎の八双からの斬り下ろしを制した。

たたたっ

とたたらを踏んだ李一郎が足を止めて、幹次郎を振り向くように首を捻じ曲げたが、その姿勢のまま、異母姉の眠る墓の前にくずおれた。

幹次郎は、血振りをすると無銘の剣を鞘に納めた。

「神守様」

感に堪えた四郎兵衛の声が響き、老猫のうめが、

みゃうー

と鳴いて、事が終わった。

第二章　冬瓜《とうが》の花

一

幹次郎は添削《てんさく》をする汀女の溜《た》め息を何度となく聞いた。

陰暦《いんれき》十月が終わろうとしていた。

本格的な木枯らしが浅草田圃を横切って、左兵衛長屋の裏手から吹きつける季節がそこまでやってきていた。

お針のお辰を異母弟が殺した事件は、吉原会所を通して面番所の隠密廻り同心村崎季光《むらさきとしみつ》に届けられ、

「なぜ前もって届けを致さぬ」

と形式ばかり小言《こごと》を言われたのちに、

「下手人捕り物中に斬り死《じに》」

ということで処理された。

お針の残した三百七十余両の一部が村崎らの懐に入ったのは言うまでもない。残りの金子は吉原会所の保管金に繰り入れられ、日本堤の堤防修繕《しゆうぜん》や五十間道の補修代金に当てられることになった。

お辰の死を喜んだのは借金を負っていた十五人の遊女たちだ。貸主が死に身内もいないとなれば、返済の義務はうやむやになる。だが、会所を通して十五人の抱えられる妓楼に知らされ、きついお灸《きゆう》が据えられた。

ともあれ一件落着したのだ。

事件から数日後、夕餉が終わり、汀女は手習い塾の弟子たちの書いた文の内容を添削していた。

「姉様、そう根《こん》を詰めてやることもあるまい。茶を淹《い》れたでひと休みしなされ」

文机《ふづくえ》に向かっていた汀女が朱筆を手に幹次郎を振り返った。

「幹どのに茶を淹れさせて申し訳ございませぬな」

と火鉢の側に座を移した汀女が、

「玉藻様からいただいた、かすていらと申す甘いものがございます。それを茶請けにいたしましょうかな」

「かすていらか、肥前長崎《ひぜんながさき》の名物と聞いたことがあるが」

「なんでも本《もと》を正《ただ》せば南蛮船《なんばんぶね》で寛永《かんえい》年間（一六二四〜四五）に長崎に伝えられた菓子だそうです」

汀女が台所に立ち、水屋《みずや》から紙包みを持ってきて開いた。すると砂糖の甘い香りが部屋に漂った。

「黄金色に焼けた菓子ですな」

幹次郎の淹れた茶で南蛮渡来のかすていらを口に含むと、異国の香りが口にふわっと広がった。

「かように甘いものを食べたことがないぞ、姉様」

「卵と砂糖と粉の按配《あんばい》がなんともようございますな」

ふたりは一時《いっとき》の幸せに浸っていた。

「姉様、先ほどから溜め息を繰り返されておられるが、なんぞあったのか」

「私が溜め息を」

と驚いた汀女は自らそのことを意識していなかった様子だ。

「これは幹どのに失礼しましたな」

と謝った汀女が、

「いえね、閉門停止で手習い塾の弟子が急に増えました。それはよいのですが、弟子たちの間に小さな諍いが目立つようになり、少々梃子摺《てこず》っております」

「女郎衆にもいろいろと格がございますでな」

「いえ、そうではないのです。幹どのは芸子、あるいは女芸者というものをご存じか」

「姉様、大黒屋正六様の見番に所属なさる、一中節の達人やら、踊り子、三味線方やらですな。過日、浄閑寺でそれがしと戦った佐多李一郎こと太助が男芸者の幇間見習いでした」

「ならば話も早い」

と汀女が相槌《あいづち》を打ち、語を継いだ。

「女郎衆の一部と新規に入ってこられた女芸者が角突《つの》き合わせることが起こっておりましてな。女郎衆は吉原の花、気概と見栄をお持ちです。一方、女芸者たちは、芸は売っても体は売らぬという矜持《きょうじ》をあからさまに見せる方もおられ、手習い塾の空気がこれまでと変わりよそよそしいものになっております」

酒席では遊女がなにより引き立てられた。

一方、女芸者は陰の存在だ。それだけに鬱憤《うっぷん》と反感が溜まり、汀女の手習い塾で同席したときにその反動が出たということか。

(それにしてもおかしいな)

幹次郎は思った。

吉原の序列は極めて厳しい。現実は妓楼の主たちが実権を握っているとしても、表向きは太夫を頂点とした遊女大事の世界だ。それなのに新参の女芸者が楯突《たてつ》くとは、と、漠然と幹次郎はそう思ったのだ。

「困ったな」

「困りました」

この夜の夫婦の会話はそれで終わった。

翌日の夕刻、幹次郎は会所に呼ばれた。

着流しの腰には美濃《みの》の刀鍛冶《かたなかじ》和泉守藤原兼定《いずみのかみふじわらかねさだ》の鍛えた一剣があった。

過日の佐多李一郎との戦いでは、先祖が戦場で騎馬武者を倒した証《あか》しに奪ってきたと伝わる、無銘ながら、刀研ぎ師が後鳥羽上皇《ごとばじょうこう》の二十四番鍛冶のひとり、豊後国行平の作と見当をつけた業物《わざもの》二尺七寸を使った。

その際、小さな刃こぼれが生じて、研ぎに出していた。

藤原兼定は二尺三寸七分（約七十二センチ）、黒漆《くろうるし》塗りの鞘に黒革巻の柄《つか》、竹に雀《すずめ》の鍔拵《つばごしら》えの名剣で、とても神守幹次郎が持てる差《さ》し料《りよう》ではない。

幹次郎が遊女の足抜《あしぬき》騒ぎを解決した折りに四郎兵衛が与えた褒美《ほうび》の品だ。

いつもの奥座敷に通ると、四郎兵衛の顔が明るいように見受けられた。

「どうやら閉門を解かれ、大門を開けられそうな目処《めど》が立ちました。おそらく霜《しも》月朔日《づきついたち》には吉原も賑わいを取り戻せましょう」

「それはようございました」

と答えた幹次郎は気にかかっていたことを尋ねた。

「佐多李一郎が四郎兵衛様に言い残した一件にございますが、なんぞ分かりましたか」

「閉門停止の裏の裏を知らぬかという最後っ屁《ぺ》ですな」

と苦笑いした四郎兵衛が、

「それで今宵は神守様にご足労を願いましたのじゃ。ちとお付き合いくだされ」

「いずれなりとも」

幹次郎は畏まった。

「船の用意ができました」

若い衆が知らせてきて、ふたりは立ち上がった。

吉原会所が持つ屋根船が、今戸橋際の船宿を兼ねる引手茶屋牡丹屋《ぼたんや》に預けられてあった。

この船宿、四郎兵衛が主の山口巴屋の息がかかっていた。

ふたりが乗り込むのを待って、吉原会所の長半纏を裏返しに着た長吉が舫《もや》いを解き、船頭が棹をさした。

屋根船としては船の幅が狭く小型である。二丁櫓《ろ》でも漕《こ》げるように工夫された船は猪牙舟《ちょきぶね》と同様の快速船だ。

屋根のついた船座敷の中には箱火鉢が入り、座布団が二枚用意されていた。

四郎兵衛がどっかと座布団の上に座ったが、幹次郎は座布団を端にどかして薄《うす》縁《べり》の敷かれた板子に座した。

屋根船は隅田川に出ると下流へと舳先《へさき》を向けた。

古渡更紗《こわたりさらさ》の煙草入れを腰から抜いた四郎兵衛が煙草盆を引き寄せ、金象嵌《きんぞうがん》の煙管《キセル》に刻《きざ》みを詰めて、一服つけた。

四郎兵衛は、どこへ行くとも何の用事とも話さない。

また幹次郎も尋ねようとはしない。必要なれば四郎兵衛が告げると承知していたからだ。

「四郎兵衛様、姉様の手習い塾に大勢の弟子が詰めかけているそうにございますな」

「退屈の虫を殺そうと女たちが手習い塾に押しかけ、汀女先生に苦労をかけておると玉藻からも聞いております」

「弟子が増えたことは姉様も素直に喜んでおります」

四郎兵衛が幹次郎の顔を直視した。

「古手《ふるて》の女郎衆と新規に入ってこられた女芸者衆の間に少々対立があるそうで、姉様が愚痴を漏らしました」

「うーむ」

四郎兵衛の目が鈍《にぶ》い光を放ち出した。

「四郎兵衛様、吉原では遊女と女芸者の扱い、月と鼈《すっぽん》だそうにございますな。酒席を離れた手習い塾とは申せ、なぜ女芸者が強気になったか、それがしにはちと訝しゅうございます」

ふうっ、と小さな息を吐いた四郎兵衛が、

「汀女先生といい、神守様といい、得がたき人材を吉原は得ましたな」

と美味《おい》しそうに煙管を一服した。

「今宵、神守様にご足労を願ったことと、汀女先生の観察はつながっておりますぞ」

「ほう」

「また過日、佐多李一郎が吉原会所の七代目なんてのさばっているが、足元に起こっておることもご存じねえなどと言い残した言葉にも関わりがございます」

「吉原で太助と名乗っていた佐多李一郎は、男芸者の見習いでございましたな」

四郎兵衛が頷き、言い出した。

「今から七年前の安永八年のことです、角町の妓楼の主の大黒屋正六が同業を募《つの》り、見番の創設を吉原会所に届けてきました。その趣《おもむき》は、廓内の女芸者の風儀《ふうぎ》乱れ、密かに遊客と床をともにする者まで現われたによって、女芸者を見番に所属せしめて、その態度を正すというものにございました。吉原では何日か侃々《かんかん》諤々《がくがく》の論議の末に、既存の商いに抵触《ていしょく》せぬことを条件に女芸者男芸者各百枚（人）にかぎり、新設の見番に所属せしめることを決定しました」

屋根船はかなりの速さで下流に走り続けていた。

「大黒屋の新たなる提案を吉原が呑んだ背景には、吉原に課せられた日本堤の堤防の修繕費用が負担になっていたことがあります。大黒屋は見番が認められた暁《あかつき》には、この堤防修繕の費用の他に鉄漿溝《おはぐろどぶ》の下水浚《さら》い、水道尻火の番人の給金、廓内下水の堰板《せきいた》の修繕、花灯籠《はなどうろう》、俄《にわか》など吉原の行事に対して応分の分担金を負担することを約定したことがございます」

四郎兵衛はすでに消えていた煙草の灰を煙草盆に捨て、新たな刻みを詰めた。

「女芸者どもの玉代《ぎょくだい》は、昼の九つ（正午）より夜の引け四つ（午前零時）までとし、線香七本に見積もり、一両三分にございます。女芸者はふたりを一組とし、遊客は必ず一組以上を呼ぶ習わしにございます。むろん芸者を呼ぶ場合、花魁と同じく引手茶屋を通します。ゆえに茶屋が客からの祝儀のうち一分ならば五百文の〝小ぜり〟と称する歩合《ぶあい》を撥《は》ねます。さらに見番に玉代の一半を収めるわけにございます。大黒屋の懐には支配下に置く男芸者、女芸者の玉代の歩合が毎晩巨額に入って参ります。妓楼の主としての大黒屋には、さほどの力はございませんだ。ですが、見番を組織したことで、大黒屋は急激に力をつけてきたのでございますよ」

「大黒屋さんはなにか新たなことをお考えにございますか」

「神守様、佐多李一郎が死に際に言い残した言葉が気にかかり、会所の者を総動員して調べ直しました」

四郎兵衛はひと呼吸置くと、

「どうやらこたびの吉原の閉門停止には、見番頭取の大黒屋正六が暗躍《あんやく》しているのではという推論にわれらは達しました」

屋根船が大きく揺れ始めた。

「どうやら大川を出て、海に入ったようにございますな」

四郎兵衛が呟き、

「いつぞや吉原と失脚なされた老中田沼意次様とは密接な関わりを持ってきたと申し上げましたな。大黒屋正六は、反田沼様急先鋒《きゅうせんぽう》の御三卿の一橋治済様の御用人池田高綱《いけだたかつな》様につながりを持って、なにやら策動《さくどう》している様子なのです。これらのことは、田沼派の将軍家御側御用取次《おそばごようとりつぎ》横田準松《よこたのりとし》様らに手を回して判明したことです」

ふいに揺れる屋根船の動きが緩《ゆる》やかなものになり、船足が止まった。

「四郎兵衛様」

障子の向こうから長吉の声がした。

四郎兵衛が行灯《あんどん》の灯りを吹き消し、障子を薄く開けた。

遠くから三味線や太鼓の響きが伝わってきた。

いつの間にか会所の屋根船に二丁櫓の猪牙舟が横づけにされ、番方の仙右衛門が畏まっていた。

「見てごらんなさい」

「大黒屋が女芸者や男芸者を大勢船に集めて、饗応《きようおう》する光景です」

神守幹次郎は障子に顔を近づけた。

数丁先に灯りを煌々《こうこう》と点した屋形船が停泊し、宴《うたげ》が賑やかに催《もよお》されていた。

どうやら屋形船や屋根船が泊まる水上は佃島《つくだじま》と人足寄場《にんそくよせば》の間の運河のようだ。

「お客は一橋家の御用人どのですか」

「いえ、尾張《おわり》、紀州《きしゆう》、水戸《みと》御三家の御用人ら反田沼派総結集と申してようございましょう。田沼様を追い落としての祝勝の宴にございますよ」

「大黒屋どのはなにを考えておいでにございましょう」

「さて、そこが未だ推測の域を出ませぬでな。ただ吉原の停止が解けることとこの宴、関わりがあることはたしか」

嘆息《たんそく》した四郎兵衛は、大黒屋が新たな策を打ってくる前兆と考えているようだ。

「未だ城中には田沼派が大勢残っておられます。幕閣には、大老の井伊直幸様、松平康福様、水野忠友様の三人がおられる。反田沼派の御三家、一橋家との暗闘が繰り広げられている最中にございます。吉原はいつの時代にも勝ち馬に乗ることを信条として参りました。なんとしても政争の行く末をたしかに見極めなければなりませぬ」

幹次郎は黙って頷いた。

「成り上がりの大黒屋風情の好き勝手にさせてはならぬ、これが吉原の考えにございます。その考えに沿って会所は動くことになる」

ふいに屋根船が後退して動いた。

「四郎兵衛様、怪《あや》しげな船が二艘《そう》参ります」

仙右衛門の声がして、幹次郎は、

「御免」

と四郎兵衛に声をかけ、板子の上を滑《すべ》るように動いて、舳先に出た。

屋根船は舳先を屋形船に向けたまま、後退し続けていた。

その傍らに仙右衛門と若い衆の乗る猪牙舟が護衛するように従っていた。

幹次郎は佃島住吉社《すみよししゃ》の石垣の陰から現われた二艘の猪牙舟を見た。

一艘の猪牙舟に五、六人の浪人たちが乗っていた。

幹次郎は屋根船の屋根に載せられた予備の棹を掴むと握り、舳先に蹲《うずくま》るように座った。

水面に垂らした棹の先を幹次郎は右手で摑んでいた。

棹の先端は流れの上を跳ねながら後退する屋根船に従っていた。

仙右衛門の猪牙舟には、三人が乗っていた。

浪人を乗せた猪牙舟の二艘ともが四郎兵衛と幹次郎らの乗る屋根船に殺到してきた。だが、一艘目と二艘目にはだいぶ間があった。

そこへ仙右衛門が乗る二丁櫓の猪牙舟が、
すいっ
と入り込み、二艘の敵舟を分断した。

「待て、待て、待たぬか！」

一艘目の舳先に立つ大男の剣客が叫んだ。

間合が詰まった。

猪牙舟と後退する屋根船では速さが違った。

「こちらは句会を催す風流船にございます。なにをなさる気で」

長吉が艫《とも》から叫んだ。

「句会の船じゃと、笑止《しょうし》かな。身許はすでに分かっておるわ」

「なんと申されますな」

間合はついに四間（約七・三メートル）に迫った。

もう一艘の敵方の舟と仙右衛門の猪牙舟がすでにぶつかり合っていた。

だが、仙右衛門は斬り合いを避けて、ぐるぐると相手の猪牙舟の周りを走り回っていた。

二丁櫓だからできる技である。

幹次郎はそれを確かめると眼前の敵舟に集中することにした。

敵方の猪牙舟の舳先が三間前に、さらに二間前にと迫ってきた。

「止まれと申すに分からぬか！」

舳先に立つ大兵《だいひょう》が剣を抜き出すと幹次郎がひっそりとしゃがむ舳先に飛び移ろうとした。

その瞬間、水上に流されていた棹の先が持ち上げられると、
びゅっ
と横に振られ、舳先を蹴った大兵の腰を叩いて水面に飛ばし落とした。

わああっ！

悲鳴が水上から聞こえたが、屋根船も敵舟も動きを止めなかった。

同じ猪牙舟に乗っていた浪人五人が、

「おのれ！」

「やりおったな！」

と叫びながら不用意にも狭い舟幅の猪牙舟に立ち上がった。

猪牙舟が不安定に揺れた。

幹次郎の棹が鋭く繰り出され、一人、またひとりと胸や腹部を突き、流れに突き落とした。

「座れ、座ってくだせえ！」

と絶叫する船頭をよそに屋根船に斬り込もうとした残りの三人は、幹次郎の腰を据えた突きの攻撃に舟上から転落させられてたちまち姿を消した。

屋根船は船足を弱めて停船し、仙右衛門の猪牙舟を助けに行こうとした。

だが、二丁櫓の猪牙舟は相手の舟を翻弄して、向こうから屋根船の傍らに漕ぎ寄ってきた。

二丁櫓の速舟ならではの芸当だ。

幹次郎が、

「番方、怪我《けが》はござらぬか」

と声をかけると仙右衛門が、

「ちょいとからかっただけでございますよ」

と笑い返した。

敵方の二艘目は、停船して水面に落ちた仲間たちを救助しようとしていた。

「神守様、番方、吉原に戻りますぞ」

四郎兵衛の長閑《のどか》な声が響いて、障子の隙間《すきま》から紫煙《しえん》が夜の水面に漂ってきた。

二

霜月朔日、将軍家治の喪に服する名目で吉原にかけられていた閉門停止が解かれた。

その数日前からまるで紋日《もんび》前のように遊女たちが客に文を出して切々と登楼を訴えた。

大門が開かれたというのに客がつかないでは、楼主に叱られるし、仲間うちの

見栄もあった。因業な楼主などは抱え女郎たちに紋日と同じく、

「身揚《みあが》り」

を宣告したところもあった。

身揚りとは、客を取れなかった遊女が自分で自分を買うことだ。

その費《つい》えを楼主から借りるとなると借財が増え、年季の明けるのがそれだけ遅くなった。

遊女たちも真剣で、ふだんよりも腕によりをかけて文を書いた。

汀女は連日徹夜が続いた。字が下手な者や文言《もんごん》の浮かばない者たちに懇願《こんがん》されて文を何通も何通も代筆《だいひつ》したからだ。

「おおっ、北国からおれの花魁《おんな》が呼んでいらあ。悪いが今日は仲間付き合いができないぜ」

「おれなんぞは誘いの文が連日だ。おめえなんぞと付き合っていられねえよ」

などと江戸のあちこちで客たちが馴染《なじみ》の遊女からの誘いに一喜一憂していた。

この日、幹次郎は、八つ（午後二時）過ぎの刻限、衣紋坂から五十間道を下った。すると板葺《いたぶ》き屋根付きの冠木門《かぶきもん》、大門が晴れやかに開かれて、昼見世に上がろうとする馴染客や久しぶりの吉原見物に来た勤番侍《きんばんざむらい》たちで押すな押すなの混

雑が見られた。

この日ばかりは清搔《すががき》が昼時分から流れて興を添えていた。清搔とは歌なしの三味の調べで、たそがれ時の吉原五丁町に流れる風情は格別に男たちの遊び心をそそった。

永い眠りに就いていた巨象《きよぞう》が息を吹き返して、ゆるゆると蘇《よみがえ》ったような光景だった。

(吉原はこれでなくてはならぬ)

真新しい一文字《いちもんじ》笠を被った幹次郎は心からそう思いながら大門を潜った。無紋の着流しも雪駄《せった》も笠と同様に新しかった。

「今日は吉原が生まれ変わった日にございます」

汀女は密かに用意していた召し物や履物を出して幹次郎を着替えさせたのだ。

吉原会所の前には番方の仙右衛門が立って、幹次郎を迎えた。

「おめでとうござる」

「有難《ありがと》うございます」

と幹次郎の挨拶に返礼した仙右衛門が言い添えた。

「ちょうどよいところにお見えになった。七代目が見廻りに出るところです」

そこへ羽織袴《はおりはかま》の四郎兵衛が姿を見せた。

「見廻りだそうでお供します」

「それは重畳《ちようじよう》」

四郎兵衛と幹次郎が肩を並べ、仙右衛門が後に従うかたちになった。

七軒茶屋の前を通ると山口巴屋の前で玉藻に会った。

「お父つぁん、汀女先生になんぞお礼をなさらねばなりませんよ。花魁衆になり代わっていったい何十通の文を代筆なされたか」

「言わずとも承知ですよ」

と答えた四郎兵衛が、

「玉藻、呉服屋を呼んで汀女先生にお似合いの晴れ着を選んでくれ」

と命じた。

「あいや、四郎兵衛様、玉藻様、われら夫婦は与えられた仕事をしているのみにござれば、さような気遣いは無用にございます」

親子が笑って、四郎兵衛が、

「神守様、汀女先生の書かれた文で誘い出された客がいくら吉原に金子を落とすとお考えになられますな。着物の一枚や二枚なんでもありませぬよ」

と鷹揚《おうよう》に笑った。

玉藻に送られた三人は、仲之町を進み、水道尻にある火《ひ》の見櫓《みやぐら》を目指した。

茶屋から次々に四郎兵衛へ声がかかった。

「七代目、生き返ったよ」

「頭取、長かったねえ」

茶屋の主たちは停止の解けたのを素直に喜んでいた。

「悪いのちにはいいこともあろう。存分にお稼ぎなされ」

四郎兵衛は丁寧に応えながら江戸町一丁目へと曲がった。

すでに大籬の妓楼でも着飾った遊女たちが張見世に艶《あで》やかな姿を見せて、遊女も客も吉原の再開を素直に喜んでいた。

格子窓から吸い付け煙草が差し出されて、嬉しそうに馴染客が受け取る風景も吉原ならではのものだ。

江戸町一丁目のどん詰まりには木戸があって、老番太《ろうばんた》の東六《とうろく》が立って四郎兵衛たちを迎えた。

「東六爺《じい》、しんどかったな」

四郎兵衛は長い停止に稼ぎが絶えていた番太になにがしかの金を握らせた。

「四郎兵衛様、有難うごぜえます」

この木戸を潜れば極楽から地獄、西河岸、別名浄念河岸《じようねんがし》といい、切見世が並ぶ一郭《いつかく》となる。ここにも客が押しかけて昨日までの閑散とした光景とは一変していた。

「昼見世がこの賑わいなれば、夜は大変な騒ぎになりますな」

四郎兵衛もほっとして、木戸を潜ると狭い通りを開運稲荷の方向へとあちらこちらに目配りしながら進んだ。

「四郎兵衛様、大黒屋さんからなんぞ反応がございましたか」

「今のところえらく静かでしてな。鬼が出るか蛇《じや》が出るか、この四郎兵衛、怯《おび》えながら待っておりますよ」

という言葉と裏腹に四郎兵衛の挙動《きよどう》は平然としていた。

西河岸から揚屋町に曲がった。すると通りも広くなり、行き交う客の身形《みなり》も違って見えた。

一行が仲之町に戻ったとき、茶屋の毛氈《もうせん》を敷いた縁台に浅く腰を下ろした薄墨《うすずみ》太夫に会った。

得も言われぬ光景で幹次郎も目を細めて眺めた。

「頭取、おめでとうござんす」

「太夫、仲之町張《ば》りかえ。長いこと不便させましたな」

仲之町張りとは、妓楼から仲之町の引手茶屋へ、客を迎えに出ることだ。

この仲之町張りは、花魁道中と同じく限られた高級遊女である太夫に与えられた特権である。薄墨太夫は辺りに神々《こうごう》しいまでの威勢と香気《こうき》を放ち、勤番者など、
ぽかん
と口を開けて見とれていた。

それほど縁台に腰を下ろしただけの薄墨太夫の姿態は耽美《たんび》の極《きわみ》にあった。

ふいにその薄墨太夫の視線がこちらに向けられ、幹次郎に言った。

「汀女先生には気苦労をかけました。薄墨太夫が礼を申していたと伝えてくんなますか」

嫣然《えんぜん》とした笑みに見物の衆が沸《わ》いた。

「承知しました」

幹次郎は、ただそう答えた。

この日の暮れ六つ（午後六時）の光景を神守幹次郎は忘れることはできないだ

ろう。

飄客たちが猪牙舟で今戸橋に乗りつけ、日本堤を駕籠が飛ぶように走り、衣紋坂から五十間道には客が溢れて続々と大門を潜った。

いつにも増して大門から待合ノ辻に灯りが溢れ、仲之町界隈を着飾った太夫が馴染を茶屋に迎えに行き、飄客たちが格子窓に群《むら》がった。

そんな光景が四つ（午後十時）過ぎまで続いた。

幹次郎は、引け四つの拍子木《ひょうしぎ》が打たれて四半刻《しはんとき》（三十分）後、大門脇の通用口を出た。

吉原はすでに男と女の欲望に塗《まみ》れた眠りに就いて静寂が落ちていた。

五十間道の外茶屋も森閑《しんかん》として人影もない。

衣紋坂のほうから霜月の風が吹き降ろしてきた。

神守幹次郎はゆっくりと日本堤への道を辿った。

曲がりくねった道の途中に旅人之井と称する井戸があった。

幹次郎の足が止まった。

井戸の陰からひとつ、人影が現われた。深編笠《ふかあみがさ》を被った武家だ。

幹次郎が月明かりで確かめると羽織袴はだいぶ草臥《くたび》れていた。

「なんぞ御用か」

「神守幹次郎どのだな」

「いかにも神守幹次郎はそれがしにござる。貴殿《きでん》は」

「常陸《ひたち》浪人、四兼流《しけんりゅう》をかじった鰐淵左中《わにぶちさちゅう》にござる」

「鰐淵どの」

幹次郎に覚えのある名ではない。

「そなたに恨《うら》み辛《つら》みはござらぬ。一宿の恩義によりてそなたのお命頂戴《ちょうだい》致す」

「お待ちくだされ」

「もはや問答無用」

鰐淵左中は敢然《かんぜん》と言い切り、深編笠を脱ぐと路傍に捨てた。すると無精髭《ぶしょうひげ》の生えた壮年《そうねん》の顔が現われた。どこか憂いを湛《たた》えた顔つきだった。

「失礼ながら金子にて済むことか。そうなれば相談のしようもある」

「神守幹次郎、そなたも吉原会所の裏同心、義理にて刀槍《とうそう》の場に身を置く経験を承知のはずだ。それがしの行いがいかに理不尽とて戦わねばならぬのだ、そなたを斬り捨てねばならぬのだ」

悲壮《ひそう》な覚悟を吐露《とろ》した鰐淵が剣を抜いた。

自らは四兼流をかじったと謙遜したが並々ならぬ遣い手だ。それは落ち着いた物腰と隙のない挙動に表われていた。

「かくなる上はお相手致す」

幹次郎も覚悟を決めた。

一文字笠を脱ぐ余裕はない。

いつの間にか間合は一間（約一・八メートル）余に詰められていた。

幹次郎は、和泉守藤原兼定の柄元を左手で保持すると右足をわずかに前に開いた。そうしておいて、腰をわずかに沈めた。

「ほう、居合が得意か」

「眼志流居合をいささか学びましてな」

頷いた鰐淵が神守幹次郎の左へ左へと蟹《かに》の動きで横動きして回り込みながら、剣を上段《じょうだん》に振り上げた。が、その構えは威圧にあらずして自在に変幻《へんげん》する予感を漂わせていた。

幹次郎もまた鰐淵左中の動きに合わせて、

じりじり

と開いた左右の足を動かし続けた。

幹次郎を中心に鰐淵が間合一間の円を描く恰好だ。

幹次郎の抜き打ちは、鰐淵の体の右から左へと襲うことになる。だが、鰐淵が左へ回り続ける以上、抜き打ちは浅く届くことになる。

一方、幹次郎を正面に見据えて一間の間合を保ちつつ円運動を続ける鰐淵左中には、なんの障害も考えられなかった。

鰐淵の脳裏には、

「居合は鞘の内が勝負」

という考えが渦巻いていた。

一撃目を外せば、四兼流の連鎖技が相手の息の根を止めるまでだ。

時が流れて、鰐淵はほぼ円を描き切ろうとしていた。だが、横への蟹の動きに乱れはなく流れる水のように滑らかだ。

最初の円を描き終わった。

すると上段の剣が緩やかに正眼《せいがん》へと下りてきて、切っ先が幹次郎の喉《のど》に、ぴたりと向けられた。

幹次郎はふたたび大門を背負っていた。

鰐淵の動きに遅れることなく左右の足の爪先《つまさき》を交互に動かしつつ、無心に従った。

蟹の動きが突然変化《へんげ》した。

正眼の剣の切っ先が幹次郎の喉首に向かって一直線に伸びてきた。

その瞬間、神守幹次郎の沈んだ腰が伸びると虚空《こくう》に向かって跳躍《ちょうやく》していた。

鰐淵にとって思いがけない動きだった。

豊後岡《おか》藩城下を流れる玉来川《たまらいがわ》の河原で薩摩から流れてきた老武芸者に叩き込まれた薩摩示現流の跳躍だ。

鰐淵左中の予想をはるかに越えて高く飛翔し、必殺の突きを見舞う鰐淵の体の上を飛び越えていた。

五十間道の上下で両者は離合し、幹次郎は、衣紋坂に向かって飛び降り、
くるり
と変転した。

同時に一撃目の突きで空《くう》を切らされた鰐淵も大門に向かって突進しながらも反転した。

立つ位置を変えて両者が向き合った。

間合は二間半（約四・五メートル）余。

幹次郎の藤原兼定は未だ鞘の中だ。

鰐淵は呼吸を整えつつ、八双に構え直した。

「火の用心、さっしゃりましょう！」

吉原の仲之町を行く火の番小屋の番太の声が響いたとき、ふたりは同時に仕掛けた。

一気に生死の間仕切りが切られ、鰐淵の八双が幹次郎の眉間《みけん》を斬り下ろし、幹次郎の、

「秘剣浪返し」

が鞘走って鰐淵左中の脇腹を襲った。

斬り下ろしを「浪返し」が一瞬の差で制したのは、

「運」

としか言いようがない。

「うっ！」

と突進する体をその場に立ち竦《すく》ませた鰐淵左中がその傍らを駆け抜ける幹次郎の動きを目で追った。

幹次郎は間合の外で反転した。

その視界の先で鰐淵の体がぐらぐらと揺れ、
「お島《しま》、すまぬ」
の詫びの言葉が口から漏れて、
どどっ
と崩れ落ちていくのを見た。
深い息を吐いた幹次郎は汀女がこの日のために用意してくれた一文字笠の縁が
ばっさりと切り割られていることに気づいた。
幹次郎は痙攣《けいれん》する鰐淵の体を哀しげに見ていた。
ことり
と鰐淵の体が動かなくなって、死が取り憑《つ》いたのが分かった。
幹次郎は片手拝みに合掌すると旅人之井に向かい、血に濡れた藤原兼定を洗う
と水を切り、鞘に納めた。そして、出てきたばかりの大門に引き返していった。

三

常陸浪人鰐淵左中を名乗った浪人の亡骸が吉原会所の土間に敷かれた筵《むしろ》の上

に横たわっていた。

その周りを取り囲んで番方の仙右衛門が懐を調べた。すると血に塗れた懐中《かいちゅう》物《もの》が出てきた。

「調べてみよ」

どてらを着た四郎兵衛が命じた。

幹次郎の知らせに吉原会所の面々が直ぐに動き、眠りに就いていた四郎兵衛が起こされた。そして今、鰐淵左中の亡骸が会所に運び込まれてきたのだ。

「四郎兵衛様、切餅《きりもち》ひとつに四谷《よつや》御《お》箪笥《たんす》町《ちょう》医師永井《ながい》伯堂《はくどう》の書付が出て参りました。あとは小銭にございます」

頷いた四郎兵衛が土間の片隅に控える神守幹次郎に、

「仔細《しさい》をお聞かせ願いますかな」

と命じた。

「鰐淵左中どのとは初めての対面にございます……」

幹次郎は、この半刻《はんとき》（一時間）余のうちに起こった出来事を克明《こくめい》に告げた。

聞き入るのは吉原会所の頭取の四郎兵衛、番方の仙右衛門、それに若い衆を束ねる小頭の長吉らだ。

「神守様、これは大黒屋一統《いっとう》の仕業にございますよ。面と向かって会所に歯を剝《む》き出してきたというわけです。懐の二十五両はおそらく神守幹次郎様の殺しの代金にございましょう」

仙右衛門らが賛意を示して首肯《しゅこう》した。

「七代目、受けて立ちましょうぞ」

吉原会所の奉公頭の番方が言い切った。

「仙右衛門、理不尽な戦いにはあらゆる手段にて対応する。皆も気を抜くでない」

「はっ」

と一同が畏まった。

「番方、医師から鰐淵左中のことが探り出せぬか、明朝にも動け」

「承知しました」

手配りを済ませた四郎兵衛が幹次郎を見て、

「神守様、今晩はこちらにお泊まりになりませぬか」

と気遣った。

「汀女が心配しておりましょう。差し迫った御用がないなれば、長屋に帰ります」

「大仕事を成されたばかり、あとの始末は会所にお任せくだされ」

「ならばこれにて」

幹次郎は、鰐淵左中の亡骸に合掌すると吉原会所を表戸から外に出た。

待合ノ辻から仲之町を見廻した。

遊里は深い眠りに就いていた。

この里の中には久しぶりの逢瀬《おうせ》に行く末を深刻に語り合う遊女と客もいれば、来合わせた馴染客の間を調子よく回って歩く女郎もいた。また遊女にふられた男が独り寂しく枕を抱いている光景もあった。様々な愛憎の劇が繰り広げられていたのだ。

三千人の遊女と客の間に三千の嘘と真《まこと》の物語が語られていた。

幹次郎は、仮寝に沈む遊里からふたたび外に出た。

翌日は、江戸の町にちらちらと粉雪が舞い、底冷えのする一日となった。

汀女が遅く起きた幹次郎に、

「幹どの、湯に行ってこられよ」

と手拭いと湯銭を渡した。

汀女は遅く戻った幹次郎の体から血の臭いが漂ってきたことを承知していた。が、そのことにはなにも触れず湯に行かせようとしていた。

「戻られたらな、夕べ、鍋にしようと鮟鱇《あんこう》を買ってありますゆえ、贅沢ですが昼餉に鍋にしましょうか」

「姉様、贅沢ですな」

「口が奢《おご》りすぎぬかと怖いくらいです。これもそれも幹どのが命を張って働かれるからですよ」

「それがしひとりの働きではござらぬ。四郎兵衛様も玉藻様も姉様のことを褒めておいでだ」

床から起き上がった年下の亭主は手拭いを手に浅草田町の花の湯《はなのゆ》に行った。朝湯が終わり、子供たちが寺子屋から戻ってくるのを待つ刻限、湯屋ものんびりとしていた。

幹次郎は花の湯を独り占めにして体じゅうを糠袋で丹念に洗った。

汀女とふたりの暮らしを支えるために鰐淵左中のような人物らと真剣勝負をせねばならなかった。そのことを一度たりとも悔《く》いたことはなかった。

が、幹次郎の五体《ごたい》にはひとり倒すたびにひとり分の恨みと血の臭いがこびりついていくのも事実だった。それを無意識のうちに洗い流そうとして幹次郎は糠袋で懸命に体をこすった。

湯から戻った長屋に、味噌仕立てにされた鮟鱇鍋のおいしそうな匂いが漂っていた。

「美味しそうじゃな」

「たんと食べなされ。幹どのには力をつけてもらわねばなりませぬからな」

汀女は新たな御用が幹次郎に命じられていることを承知していた。

「姉様は停止の間が忙しかったからな、しばらく骨休めをしなされ」

「幹どのには悪いがそうさせてもらいましょう」

「とは申せ、八つには子供たちが手習いに顔を見せよう」

「子供衆に教えるのは楽しみですよ」

汀女は長屋に近所の子供を集めて無料で読み書きを教えていた。その大半が吉原で働いている父親や母親の帰りを持っていた。

「ささっ、幹どの、たんとお食べなされ」

汀女が幹次郎に鍋から鮟鱇と具を装《よそ》った小どんぶりを渡してくれた。

幹次郎が吉原に戻ったのは、そろそろ霜月の日が西に傾き始めた刻限だ。

禿を連れた花魁たちが衣装を裾長に着て仲之町を晴れやかに引手茶屋に向かう様は一幅《いっぷく》の絵だった。

路地伝いに会所に入ると、奥座敷では四郎兵衛と番方の仙右衛門が額を合わせて話をしていた。

「おおっ、よいところに来られた」

と四郎兵衛が言い、仙右衛門に今一度話せと命じた。

「神守様が倒された鰐淵左中の一件でございますが、四谷御箪笥町の医師、永井伯堂先生に会って事情が知れました。鰐淵は市谷七軒町《いちがやしちけんちょう》の裏長屋に病のご新造《しんぞ》を残しておりました」

幹次郎の顔が引き攣《つ》った。

「ご新造は永《なが》の貧乏暮らしに労咳《ろうがい》を患《わずら》い、伯堂先生の治療を受けていたのです。だが、病が治る手立てはない。鰐淵は何度もできることはないかと迫ったそうですが、手の施しようがなかったそうな。伯堂先生は悔やんでおられましたよ」

「なにを悔やんでおられたので」

「鰐淵のあまりの追及につい、あとは湯治《とうじ》などに行かれて静かな余生を過ごされぬかと申されたそうな。薬料の払いにも事欠く裏長屋暮らしの浪人に湯治を勧めたことを伯堂先生は後悔しておいででした」

「鰐淵左中どのは内儀どのを湯治に連れて参ろうと、それがしの暗殺を請け負われたか」

「だれが大黒屋との間に入って殺しを請け負わせたか、そこまでの調べはついておりません。だが、そう考えてよろしいかと」

幹次郎は、重い息を吐いた。

「神守様、斬ったことを後悔しておられるか」

四郎兵衛が厳しく問うた。

「いえ、そのことを悔やんではおりませぬ。それがしと姉様は吉原に拾われて、生計《たつき》が立ちいきました。が、鰐淵どのと内儀は別の道を歩まれたかと思うばかりです」

「諸行無常は世の常にございます。神守様、そなたはそなたが選ばれた道を信じて歩きなされ」

「ご勘弁くだされ。気の弱いところを見せました」

神守幹次郎は過剰な情に流されてはならぬと己を戒《いまし》めた。

「神守様、昨夜仕掛けられたのは、神守幹次郎様の暗殺だけではなかった。われら七軒茶屋が軒並み襲われましたぞ」

四郎兵衛が厳しい顔で吐き捨てた。

「茶屋が襲われたとは一体どういうことにございますか」

「吉原では、大見世、中見世に遊ぶ客の多くが廓内の引手茶屋か五十間道の外茶屋にまず立ち寄って妓楼に向かう習わしはご存じですな」

「はい」

「引手茶屋は廓内におよそ百軒、五十間道に十数軒、神守様が住まいなさる田町の編笠茶屋、大音寺《だいおんじ》前茶屋、さらには今戸橋際で船宿を兼ねた茶屋を含めると、その数は吉原の妓楼の数の百五十余軒とほぼ匹敵します。吉原に遊ぼうという客は、安直な局見世を省いてまず茶屋に寄り、武家なれば大小から懐中物までそっくり預ける決まりです」

幹次郎もそのことをおぼろに承知していた。

「遊女の揚げ代、一切合財《いっさいがっさい》の飲み食いの代、遣手や新造などの心づけは茶屋が後々妓楼に支払う仕組みです」

「なぜそのようなことを」

「妓楼にとって茶屋を通せば、勘定の不払いが避けられます。茶屋を通した客がどんな遊びをしようと茶屋が支払う習わしです。ゆえに遊客は財布などを茶屋に預けていくのです。引手茶屋が妓楼と同じくらいの数ある理由です」

「登楼した客が花魁をはじめ新造、禿などに心づけを渡したい場合、財布を持たない客はどうするのですか」

「小菊《こぎく》という言葉を聞かれたことがございますか」

「いえ」

「鼻紙のことです」

「はあ」

幹次郎はなんのことやら分からぬままに返事した。

「この鼻紙を吉原では紙花《かみばな》と呼びまして、一枚が一分に勘定されます。花魁の気を引こうという客は、この紙花をさんざばら撒《ま》いて遊ぶ。男はなんとも哀しいものですが、これが吉原の駆け引き、遊びにございますよ。さて、一夜明けて茶屋に戻った客は、揚げ代や飲み食いの代金を精算して支払う、これは決まりごとですから額が直ぐに分かる。だが、紙花を舞い散らしたことは客自らの申し出に従うものでございますゆえ、そらとぼけようと思えば払わずに茶屋を出られる。後になって妓楼から紙花の請求が来て、ようやく騙《だま》されたことに茶屋は気づくことになる。この場合、茶屋には必ずしも紙花代を妓楼に支払う責めはございません。ですが、このような客を妓楼に送り込んだとなると、茶屋の看板に傷がつきますし、不義理が重なれば、その茶屋は妓楼から出入りを止められる。かような仕儀《しぎ》に立ち至った茶屋は、吉原では商いができませぬ」

「吉原は粋と見栄を張り通すところとも聞きましたが、さような客がいるものですか」

「冬瓜《とうが》の花を散らすに茶屋困り、と川柳《せんりゅう》に詠まれましたように、冬瓜の花、すなわち紙花は百にひとつ、まず実にならぬものです。花魁の前でいい顔したい、だが、金が足りないという客の一部が不届きな行為を行う」

「むろんそのような客は吉原から相手にされませぬな」

「吉原に相手をされなくなった客は四宿《ししゅく》に流れる。茶屋を倒して御殿山《ごてんやま》に廻るというわけで、花魁から品川《しながわ》の飯盛女《めしもりおんな》へ鞍替《くらが》えすることになる」

四郎兵衛は喉を潤すように冷えた茶を飲み、

「神守様、茶屋を通した客については茶屋が妓楼に保証した、それだけの信用状を出したともいえる。それが汚《けが》された」

と怒りを含んだ声で言った。

「神守様」

と番方の仙右衛門が四郎兵衛に代わった。

「今日、分かったことですが、三浦屋をはじめ何軒かの大籬から紙花の請求が七軒茶屋に舞い込みました。その枚数なんと七百五十三枚、一枚一分ですから百八十八両と一分にございます。まだ増えるかもしれませぬ」

幹次郎は仙右衛門から四郎兵衛に視線を移した。

「山口巴屋さんも被害に遭われましたか」

四郎兵衛が主の七軒茶屋の名を上げた。

「七軒茶屋は軒並みです。茶屋としては黙って妓楼に払うしかございませぬ。二百両に満たない金子と信用を天秤にかけられませぬからな」

「山口巴屋は吉原内外の筆頭の引手茶屋にございますな。そこに出入りの客にございますれば、長年のお付き合いもありましょうし、さようなことをするとも思えませぬが」

「そこが憎いところにございますよ。実にならぬ冬瓜を撒き散らしたのは、十三人の客にございます。これらの客は昔、各茶屋に出入りして信用があった者ばかりです。だが、この数年、吉原から遠のいていた。それが商い停止が解かれた夜に吉原を訪れて派手に遊び、紙花をばら撒いた。会所の者らにこやつらの店や住まいを訪ねさせましたが、店を馘首《かくしゅ》されたり、店を潰したりした者ばかりでした」

「四郎兵衛様、十三人の者たちは茶屋の信用を失墜《しっつい》させる狙いで吉原を訪ねたとおっしゃいますので」

「まず間違いない。茶屋の損害はまだ増えます」

「この十三人がふたたび吉原に遊びに来ることはできませぬな」

「できません。ですが、吉原で一夜の夢を結びたい、金のない輩《やから》はいくらもおりましょう。次から次へとこのような者を送り込んでこられると茶屋の面目も丸つぶれなら、商いも立ち行かなくなります。咲かない冬瓜の花は小さな芽のうちに摘み取るしかない」

「それがしが襲われた一件もこの紙花を撒き散らした一件と同じ人物の差し金と考えてようございますか」

「反田沼派を後ろ盾にした大黒屋の企《たくら》みと考えてよいかと思います」

「どう対応なされますな」

幹次郎は会所の命を仰いだ。

「神守様、当分の間、会所に寝泊まりしてくだされ。大黒屋は一夜だけで冬瓜の連中を済ませるとは思えない。なんとしても奴らの首ねっこを押さえて、大黒屋とのつながりを明かしたい」

「承知しました」

頷いた四郎兵衛が、

「鰐淵左中の病のご新造にございますがな、長屋の大家《おおや》を介して会所の御寮《ごりよう》に引き取ろうかと思うております。亭主が命を投げ出し遺した二十五両もございますし、静かに余生を過ごさせたいと思いましてな」

吉原では病に倒れた遊女たちのために廓外に御寮を設けて、治療や保養に専念させていた。むろん太夫から羅生門《らしようもん》河岸の安女郎までが等しく恩恵に与《あずか》るわけではない。体を治せば、まだ稼げると思われた上級の遊女たちの特権であった。

四郎兵衛はそんな御寮に鰐淵左中の妻女を引き取ると言っていた。

「お願い申します」

幹次郎は四郎兵衛に平伏して願った。

一旦、左兵衛長屋に戻った幹次郎は、汀女にこの夜から会所に泊まることとなった御用についてざっと告げた。

「三度三度の食事はどうなされますな」

汀女はそのことを案じた。

「山口巴屋様の台所で食べさせてもらうことになりました」

「また玉藻様に世話をかけますな」

閉門停止が解けて二日目も吉原は大勢の客や素見《ひやかし》が大門を潜って賑やかだった。

番方の仙右衛門らは、久しぶりに遊びに訪れた遊客たちの中から七軒茶屋をはじめ格式の高い引手茶屋を通した者たちを選んで、その遊びぶりを密かに監視していた。

だが、紙花を派手に撒き散らす客はどこにも登楼してないように思えた。

幹次郎が会所に寝泊まりするようになって一日が過ぎ、二日が過ぎた。

「神守様、相手も考えましょう。こちらが油断したときを見澄まして送り込んで参ります。ここは我慢のしどころです」

四郎兵衛は幹次郎や仙右衛門たちが気を抜かぬように督励《とくれい》した。

天明六年の初酉《はっとり》が明日という日、浅草竜泉寺町《りゅうせんじまち》の鷲《おおとり》神社に四郎兵衛と玉藻の供で幹次郎は参った。

酉の市の立つ日、浅草界隈では竜泉寺町の鷲神社が一番賑わった。

本社は南足立郡花又村《みなみあだちごおりはなまたむら》の大鷲《おおとり》神社である。

酉の市の当日は混雑する。ゆえに四郎兵衛らは前日に熊手を求めに行き、詣でたのだ。玉藻がお亀《かめ》の面《めん》をつけた大熊手《おおくまで》を買い求め、幹次郎がそれを担《かつ》いだ。

「明日はこの鷲神社に初酉に参った参拝の衆が大勢吉原にも流れて参ります。神守様、この初酉の吉原の行事をご存じですかな」

「初酉には格別なことがございますので」

「吉原には大門の他に門はございません。というのは表向きでしてな、開かずの門がございます、鉄漿溝に跳ね橋がかかってございますな、あれを下ろして門を開け放ち、遊里の中を初酉の参拝の者も自由に往来させるのでございます」

「ということは明晩、騒ぎに紛れて冬瓜の花を使う連中が吉原に潜り込むかもしれぬと申されますので」

「私が大黒屋なら初酉の日を狙います」

四郎兵衛がきっぱりと言い切った。

四

初酉の日、浅草竜泉寺町の鷲神社などには熊手を買い求める人々がどっと押しかけ、境内では芋頭《いもがしら》、粟《あわ》餅、熊手の簪を売る露天商などが声をからして客を呼び寄せていた。

にわか露天商の売り子は近くの農家の人たちだった。

前夜も紙花を不正に使った者は現われなかった。やはりこの宵が勝負かと考えながら、幹次郎は山口巴屋の台所で遅い昼餉を馳走になっていた。するとそこへ玉藻が風呂敷包みを抱えた汀女を伴ってきた。

ふたりの女たちの頭髪には熊手の形をした簪が飾られて、祭り気分を醸《かも》し出していた。

「幹どの、ご苦労にございます」

と言った汀女が年下の亭主の視線に気づき、

「玉藻様からいただきました」

と笑った。汀女が提げてきたのは下帯などの着替えだった。

「汀女先生、お相手をしたいのは山々ですが、初酉目当ての客がございます。ごゆっくり」

と玉藻が勝手頭の女に茶菓を命じて慌ただしく表へと去っていった。

「界隈にはすでに人が出ておりますか」

「いつもよりも大勢の方々が晴れ着を着て髪を結い上げ、下ろし立ての草履を履いてぞろぞろと浅草田圃を歩いて、そのまま跳ね橋を渡って遊里に入られ、廓内を冷やかしに歩いておられますよ」

むろんこの日だけ開け放たれた門には会所の若い衆が立ち、女郎が混雑に紛れて外に逃げ出さぬよう、厳重に見張っていた。

遊女衆はいつもより早めに化粧をして選びに選んだ衣装に身を包み、張見世に艶やかに座っていた。

「幹どの、ちと気がかりなことが」

と汀女が小声で幹次郎に言い出した。

「今朝方、うちに手習いに来る子供のひとり、精吉《せいきち》さんが顔を見せましてな。先生、お別れじゃと急に申します」

汀女は精吉の父親が浅草寺門前の仏具屋《ぶつぐや》、加賀屋《かがや》の通い番頭亀蔵《かめぞう》だったことを思い出した。

「引っ越されるか」

「おっ母さんと妹と三人で上総《かずさ》に行くんだよ」

九つの精吉の顔が泣きそうになっていた。

汀女は精吉を長屋に上げて、事情を聞いた。すると父親が加賀屋の職を追われて、江戸を去る羽目になったと言った。

「ならばお父つぁんも一緒に上総に行かれるのではありませんか」

「先生、そんなんじゃねえや。お父つぁんは吉原に遊びに行くんでよ、夫婦別れしたんだよ」

泣き出した精吉を宥《なだ》めすかして聞くと、父親は吉原通いで職を失い、女房にも愛想尽かしされたようだ。

汀女は精吉になにがしかの餞別《せんべつ》と筆や奉書紙を与えて、

「上総に行っても手習いを忘れぬようにな」

と言い聞かせ、精吉を長屋まで送っていくことにした。

幹次郎に着替えを届けるついでにと思ったのだ。

精吉の住まいは山谷堀を渡った浅草元吉町《もとよしちよう》の長兵衛《ちようべえ》長屋だ。長屋の木戸口には精吉を探す母親おしんの姿があった。

「精吉、汀女先生のところに行っていたのかえ。それならそれでおっ母さんに言っていかなきゃあ駄目じゃないか」

と叱ったおしんが、汀女にぺこぺこと頭を下げた。

「おっ母さん、先生からこんなものをもらったぞ」

精吉は筆や紙を振り回して母親に見せると妹の待つ長屋に走り戻った。

木戸口に女ふたりが残された。

遠く風に乗って初酉の賑わいが漂ってきた。

「上総は故郷にございますか」

「精吉が喋りましたか」

と蓬髪《ほうはつ》を手で撫《な》でつけながら、

「先生、私は吉原を恨みますよ」

汀女は黙したままに頷いた。

神守幹次郎と汀女が世話になる吉原は、遊女に血迷って身上《しんしょう》を壊し、夫婦別れする者をも生み出す遊里でもあった。

「亀蔵ときたら遊女に狂って店の金を使い込んだのですよ。それで店は追われるわ、夫婦別れはするわ、まったく踏んだり蹴ったりですよ」

おしんは暗い顔で堀向こうの吉原を眺めた。それはどこか心ここにあらずといったような呆《ほう》けた顔だった。

「ご夫婦でやり直しができなかったのですか」

「最初はその気でしたのさ。ところが亭主ときたら、金もないのに初酉に楼に上がると抜かしやがるので。ほとほと愛想がつきました。精吉と娘のおまんの三人で上総に戻ります」

「お金がないのでは、女郎衆も相手にしてくれますまい」

「それがなんでもからくりがあって、金を出してくれる人があるとか。一夜かぎり、大尽《だいじん》の真似ができるそうで、ただ一枚残していた羽織なんぞを着てそわそわと家を出ていきました」

汀女は、明日には江戸を離れるというおしんと別れて吉原に幹次郎を訪ねてきたのだ。

「姉様、これはおかしい」

「おかしゅうございましょう」

幹次郎は汀女を山口巴屋に残して会所に急いだ。

会所の奥座敷では四郎兵衛と番方の仙右衛門らが初酉の裏門開放の報告を受けているところだった。

「四郎兵衛様、ちとお話が……」

汀女から聞いた話を伝えた。

途中から四郎兵衛らの目つきが変わった。

「神守様、汀女先生は大手柄を立てられたかもしれぬ」

四郎兵衛は長吉に、加賀屋の番頭亀蔵が使っていた茶屋を探し、馴染女郎を調べて監視下に置けと命じた。

「番方、神守様と一緒に加賀屋を訪ねて亀蔵が金を使い込んだという経緯《いきさつ》を聞いてきてくれ」

「承知しました」

にわかに吉原会所が動き出した。

田の中は　霜月ばかり　町になり

幹次郎と仙右衛門の行く手の浅草田圃にまさに川柳に詠まれた光景が展開され

て、酒に酔って大熊手を肩に吉原に繰り込もうとする職人衆などで畦道《あぜみち》は溢れていた。

ふたりは浅草寺の境内を突っ切って仏具商の加賀屋の前に立った。店先で仙右衛門が吉原会所の名を出すと主との面会を求めた。

初酉と仏具屋はいささかの関わりもない。加賀屋の店先はしーんと静かだった。

ふたりは奥へと通され、加賀屋久右衛門《きゅうえもん》に会うことができた。

そろそろ隠居の歳かという初老の久右衛門は縁側の日だまりで茶を喫《きっ》していた。

「吉原が仏具屋に話とはなんですね」

同道した幹次郎を訝しそうに見た。

「加賀屋の旦那、手短にお訊きします。こちらを辞めさせられた番頭の亀蔵さんの一件なんで」

久右衛門がじろりとした目で仙右衛門を見ると、

「亀蔵がまたなにかをやらかしましたか」

「いえ、夫婦別れしてまでも今宵吉原に登楼しようとしているのでねえ」

「もはやそんな金なんぞ亀蔵が持っているとも思えないがねえ」

そこなんで、と応じた仙右衛門が、

「亀蔵さんがこちらに迷惑をかけた金子はいくらでございますか」

「八十七両二分にございましたよ。亀蔵が無事勤め上げたあとに暖簾分けしてやろうと貯めていた金子を差し引いて、四十数両が使い込まれたことになります」

「入れ込み始めたのはいつごろからのことにございます」

「得意先と一緒に大門を潜ったのが一年も前のこと、以来、角海老楼《かどえびろう》の初花《はつはな》という遊女に惚れ込んだようでねえ。ともかく歳がいっての道楽はやみませんな」

と嘆息した久右衛門は、

「もし亀蔵に会うようなことがありましたら、加賀屋の名をこれ以上汚すなとこの久右衛門が怒っていたと伝えてくださいな」

と言い放ち、これ以上のことは知らないし知りたくもないと付け加えた。

ふたりは急ぎ吉原に戻ることにした。

浅草田圃の込みようはさらに激しくなって、ぞろぞろと吉原に向かう人の波が見られた。

「仙右衛門どの、それがしに少しばかり時間をくだされ」

「なんぞ御用で」

「亀蔵の倅《せがれ》に会ってみたいのです。なんの当てがあるわけではござらぬ。だが、姉様の聞き漏らしたことがあるやもしれぬと思いましてな」

「ならば二手に別れましょうか」

ふたりは日本堤で左右に別れた。

幹次郎は山谷堀を渡ると浅草元吉町に向かった。

橋の袂《たもと》に小さな熊手に飴《あめ》を飾りつけた物売りが出ていた。

幹次郎は、精吉と妹のためにふたつ買った。

この界隈もふだんとは違う様相で、着慣れぬ羽織を着た男たちが熊手を担いで吉原に向かっている。

初酉や　悲喜《ひき》こもごもの　熊手かな

幹次郎は、お店奉公をしくじり、夫婦別れしてまで遊女に会いたい一心の亀蔵の欲望を哀しくも切なく思った。

長兵衛長屋の木戸口で男の子と女の子が行き交う晴れ着の人々を見ていた。幹次郎が声をかけようとすると、

「汀女先生んちのお侍だ」

と男の子が叫んだ。

「そなたが精吉か」

「おおう、おいらが精吉だよ」

幹次郎が熊手の飴をふたりに持たせた。

「有難うよ」

「精吉、そなたと男同士の話がある」

「おまん、この飴持って長屋に戻ってな」

妹を長屋に戻した精吉は、なんだいと幹次郎を見上げた。

「お父つぁんのことだ。どこに行かれたか知らぬか」

精吉は花川戸町などの入会地に視線を預けていたが、幹次郎の顔を正視した。

「お父つぁんをどうしようというんだい」

「先ほど加賀屋久右衛門様に会ったが心配しておられた。私もお父つぁんに悪い真似をさせたくないのだ」

「女郎と遊ぶことは悪いことか」

「自分の金で遊ぶなれば、なにほどのこともあるまい。だが、他人が金を与えて吉原で遊ばせるなど、よからぬ魂胆《こんたん》がなければありえぬ」

精吉は腕組みして考え込んだ。

「お父つぁんはよ、おっ母さんに言うなって言ったんだ。それで、纏まった金を作っておれたちの後を追うと約束したんだ」

「纏まった金か。どこで作る気だな」

「今晩の吉原と関わりがあるそうだ」

幹次郎の背に悪寒《おかん》が走った。

亀蔵はなんぞよからぬ企みを実行しようとしていた。

「精吉、よく聞いてくれ。お父つぁんは危ない橋を渡ろうとしておるようだ。一刻を争う、どこにおるか知らぬか」

すでにそこまで夕暮れが迫っていた。

「三ノ輪町の梅林寺《ばいりんじ》から吉原に押し出すのだと言っていたぜ」

「梅林寺か、どこにあるか承知か」

「山谷堀のどん詰まりにあらあ」

よし、と腰の和泉守藤原兼定を落ち着けた幹次郎は、

「精吉、吉原に入ったことはあるか」

「まだ餓鬼《がき》だぜ、大門から追い返されらあ」

「怪しまれたら吉原会所の神守の名を出して四郎兵衛様に会うのだ」

「会ってどうする」

「今、それがしに話してくれたことを包み隠さず四郎兵衛様に話せ。これはお父つぁんのためになることだぞ」

「よし分かった」

ふたりは入会地の間の道を走ってふたたび山谷堀を渡り、衣紋坂の前に出た。

「よし行け」

衣紋坂では晴れ着の男衆が陸続《りくぞく》と大門を目指していた。

精吉の小柄な体が人込みに消えた。

それを確かめた幹次郎は駕籠や徒歩《かち》の人々の間を縫って金杉村《かなすぎむら》から三ノ輪町に走った。

二度ほど人に訊いて梅林寺の荒れた山門に辿りついた。

文禄《ぶんろく》三年（一五九四）、小塚原《こづかっぱら》から移転してきたという梅林寺には薄い闇が下りようとしていた。寺全体に荒廃した空気が漂っていた。だからこそ亀蔵らを集める場所に選ばれたのであろう。

小僧がひとり、袖に徳利《とっくり》を隠すようにして酒屋へと使いに出されようとしていた。

「小僧さん、ちと教えてもらいたいことがある」

幹次郎は一朱《しゅ》を小僧の手に握らせた。

「こちらに元加賀屋の番頭の亀蔵さんらがお出でのはずだ、どこか知らぬか」

小僧の顔に怯えが走った。

「身内が心配しておるのだ」

迷った小僧は、

「もう出かけられましたよ」

と呟いた。

「寺にはだれも残っておられぬというか」

小僧の顔が梅林の奥をちらりと見た。本堂や庫裏《くり》から遠く離れて、宿坊《しゅくぼう》のような建物が梅林と竹林の向こうに見えた。

「いえ、お侍たちが何人か」

「小僧さん、あとは任せなされ」

小僧を酒屋に送り出すと幹次郎は、本堂へと続く石畳を折れて梅林に入り込んだ。手入れの悪い梅林を一丁（約百九メートル）も行くと竹林に変わり、竹藪《たけやぶ》の中に灯りが見えた。

幹次郎は鯉口《こいぐち》を切って目釘《めくぎ》を改めた。

(よし)

と歩みかける幹次郎の耳に悲鳴が伝わってきた。だれか折檻《せっかん》でも受けているような悲鳴だ。

幹次郎は闇に身を紛らせて宿坊に忍び寄った。

悲鳴は台所からだ。

「亀蔵、黙って従ってりゃあ、大尽遊びができて、馴染の女郎を一晩抱けたんだよ。それをなんだと、五十両口止めによこせだと。おめえひとりの知恵か、さあ、吐け」

肉を打つ音と悲鳴が重なった。

「金が欲しくてわしがひとりで考えたことです。もう、金も要りませぬ、吉原も遠慮します。許してくだされ」

「都合のいいことを」

幹次郎が戸を押し開いたのはその瞬間だ。

夜風が広い土間に吹き込み、上体を裸にされた亀蔵が髪をざんばらにして血塗れの顔で荒い息をついてへたり込んでいた。

板の間の囲炉裏端《いろりばた》には三人の浪人がいて、酒を呑んでいる。

「おめえは」

と心張棒《しんばりぼう》を構えた男が幹次郎を睨み、

「会所の用心棒か」

と呟くと、

「先生方、仕事だぜ」

と囲炉裏端に顎《あご》を振った。

三人の浪人の頭分が中年のやくざ者のようだ。

三人が剣を摑んで板の間から土間に飛び降りてきた。

反対に心張り棒を握っていた男が亀蔵の帯を摑むと板の間に引き退《さ》がろうとした。

亀蔵はこの機会を逃すまいと必死に抵抗した。

「おれは嫌だ、助けてくれ！」

「野郎、百面《ひやくめん》の銀造《ぎんぞう》に世話をかけるんじゃねえ！」

心張棒で殴りつけておいて、棒を投げ捨てた。懐に片手が差し込まれた。

「亀蔵どの、危ない！」

と叫んで動こうとした幹次郎は三人の浪人に行く手を塞《ふさ》がれ、身動きがとれなくなった。

亀蔵がよろよろと立ち上がった。

銀造の手が抜かれ、匕首《あいくち》が閃《ひらめ》くと亀蔵の胸をあっさりと刺し貫いた。

ぎええっ！

絶叫が響いて、きりきり舞いに亀蔵が土間に倒れ込んだ。

逡巡《しゅんじゅん》なき非情さだ。

「なにをぼうっとしてなさる。相手はひとりだぜ。早々に始末しなせえ」

人ひとりを殺したというのに平然とした顔の銀造が声音《こわね》も変えずに命じた。

「おのれ、許せぬ」

幹次郎は土間の梁《はり》の高さを素早く確かめた。

剣を使うに十分な高さと広さを持っていた。

幹次郎の正面に背丈の低い中年男が正眼の構えで、その左手に痩身《そうしん》の男が八双に、右手では小太りの者が脇構えで囲んでいた。

幹次郎は、両足を開いて腰をわずかに沈めた。

三人を等分に見つつ、左手を鞘元に置いた。

「こやつ、居合を遣いおるぞ」

正面の浪人が仲間に注意を与えた。

それが合図であったように八双の男が雪崩《なだ》れるように幹次郎の肩口を斬り下げて襲いかかってきた。

幹次郎は意表をついて右手の男の内懐に飛び込むと、

「眼志流横霞《よこがす》み」

を抜き放った。

脇構えの剣を振り上げようとしたその隙をついた果敢《かかん》な攻撃に、小太りの男が前のめりに崩れ落ちた。

「やりやがったな！」

百面の銀造が叫んだ。

正面の浪人が幹次郎の背後に迫った。だが、その足元に崩れ落ちた仲間の痙攣《けいれん》する体があって、それを飛び越えなければならなかった。

その間に幹次郎は反転すると、二撃目の体勢を調え直していた。

眼前に着地しようとする敵がいた。

幹次郎の藤原兼定は上段に移行して、

「ちぇーすと！」

気合いが響き、正面の中年の浪人の眉間を襲った。

薩摩示現流の不動の真《ま》っ向幹竹割《こうからたけわ》りが見事に決まった。

血飛沫《ちしぶき》が、
ぱあっ
と飛び、幹次郎は、三番目の痩身の男が八双から構えを変えて必殺の突きを見舞ってくるのを目の端に留めた。

応戦する余裕はない。

幹次郎は戸口に向かって飛び避《よ》けた。

着流しの袖を突き抜いて切っ先が走った。

肩口を戸にぶつけて反転した幹次郎の視界に痩身の男の二撃目の突きが襲いくるのが見えた。

踏み込む暇はない。

迫りくる切っ先を見切り、横手ぎりぎりに避けた幹次郎の藤原兼定が車輪に回されて、深々と胴を薙《な》いでいた。

人のいない土間に走った幹次郎は、板の間を振り返った。

百面の銀造が慌てて奥座敷に飛び込んで姿を消すのが見えた。

その直後、足音が響き、戸口から仙右衛門らが雪崩《なだ》れ込んできた。

「番方、ひと足遅かった」

血振りしながら神守幹次郎は目で亀蔵を教えた。

長吉が亀蔵の傍らに膝をつき、呼吸を確かめていたが、

「駄目だ」

と首を横に振った。

「百面の銀造なるやくざ者が逃げた」

仙右衛門が長吉らに追跡を命じた。

その場に残ったのは仙右衛門と幹次郎だけだ。

ふたりは囲炉裏端に上がった。するとそこに百面の銀造が手配りしたらしい、だれがどこの茶屋を通して登楼するかを記した書付と紙花の束が残されていた。

仙右衛門が書付を摑むと、

「冬瓜の実は必ず実らせてみせますぜ」

と言い切った。

一刻《いっとき》（二時間）後、吉原会所に次々と紙花を派手にばら撒く客たちが連れてこられた。それらの男たちの中には、

「紙花を使って悪いとはどういうことです。まだ勘定も払ってないのにこの扱いはなんですねえ」

と居直る者もいた。

四郎兵衛がそんな男を、
じろり
と睨み、

「おまえさんの揚げ代ぽっきり入った懐中物は、茶屋から預かってきてますよ。おまえさんが派手に飛ばした紙花は払おうにも払いようがない。だが、吉原会所の沽券《こけん》にかけてねえ、何年かかろうとも払ってもらいますよ。それとも小伝馬《こでんま》町《ちょう》の牢屋敷へ送りますかえ」

と凄《すご》むと、男は真っ青な顔に変わり、ぶるぶると体を震わせた。

第三章　百面の銀造

一

二の酉が過ぎ開かずの門が閉じられると、吉原は師走《しわす》まで静かな日々を迎えた。反田沼派を後ろ盾に吉原内で勢力を伸ばそうとする見番頭取、大黒屋正六らも動きを止めた。

だが、狭い廓内のこと、大黒屋正六と吉原会所の四郎兵衛が出会うこともある。

その折りは、

「七代目、ご壮健の様子にてなによりにございます」

「大黒屋さんの商い繁盛おめでとうございます」

とにこやかに挨拶をし合った。

一見、吉原を巡る新旧の二派の勢力争いと見られぬこともない。

だが、その背後には幕閣の田沼派と反田沼派がついて死闘を繰り返しているのだ。そう簡単に決着のつく争いではない。どちらが相手の息の根を止めるか、さらに暗闘が続こうとしていた。

そんなある一日、神守幹次郎と汀女は休みをもらって、竹屋の渡し舟に乗った。ふたりで出かけることなど滅多にない。

汀女は前の晩からそわそわして、

「幹どのの召しものはこれに用意してございますよ」

とか、

「雪が降るといけませぬな。道行衣《みちゆきごろも》を持参したほうがよろしいかしら」

と独り言を言いつつ、わずかばかりの着物からあれこれと選んでいた。

こんな暮らしが立つようになったのも吉原にふたりが拾われてからのことだ。

五つ半の頃合、渡し舟が筑波《つくば》から吹き降ろす風が吹きつける川面《かわも》に出た。

「姉様、あれが筑波の山並みです」

幹次郎が教えると汀女は、

「隅田川の流れの向こうになんともすっきりと山影が見えますな」

と言いながらも無意識のうちに口の中でなにかを呟いていた。

「姉様、俳諧を自ら詠むことを禁じられて何年にもなる。そろそろ解禁なされてはいかがですか」

神守幹次郎と汀女は豊後岡藩の下級武士が住み暮らす長屋で姉と弟のように育った。

貧乏が何代にもわたって居ついた暮らしであった。

その貧しさゆえに汀女は納戸頭二百七十石の藤村壮五郎《ふじむらそうごろう》に嫁ぎ、長屋を離れた。歳の離れた藤村は陰で金貸しもする人物で、汀女も十五両の借金のかたに強引に嫁にされたのだ。

そんな汀女を諦め切れぬ幹次郎は、汀女がただひとつ楽しみにしていた俳諧の集いに加わり、再会を果たした。そして、躊躇《ちゆうちよ》する汀女をくどき落として藩を逐電《ちくでん》したのだ。

藤村は妻仇討《めがたきうち》を藩に願い出て許され、ふたりは何年も追っ手から逃げ回る逃避行を続けた。

汀女は城下から他国へと逃げる際、一番好きな俳諧の創作を自らに禁じた。好きなものを断って神守幹次郎と添い遂げる決心を自らに課したのだ。

「幹どの、私は今の暮らしが怖いくらいです。これ以上、なにを望むというのです」

「姉様の才は師匠の谷口庸柴《たにぐちようさい》先生も認めるところ」

「幹どの、岡藩のことはもはや口になさるな」

と姉様女房が止めたとき、渡し舟が対岸の須崎村に着いた。

土手に上がると流れからは半分しか見えなかった三囲稲荷社《みめぐりいなりしゃ》の鳥居が稲を刈り取った後の田圃の中に立っていた。そして、松が植えられた参道が田圃の間に延びていた。

「ほう、ここが宝井其角《たからいきかく》先生の句で有名な三囲様ですか」

汀女が昨日の夕餉のあと、

「幹どの、どこかへ汀女を誘うというのなら、まず三囲様を訪ねとうございます」

と注文したのだ。

「其角と関わりがございますのか」

「元禄《げんろく》六年（一六九三）のことでしたかな、江戸では雨が長いこと降らなかったそうな。そこで其角先生らが句会を催して、『夕立や　田を三囲の　神ならば』

と雨乞いの句を詠まれたのです。以来、三囲様には俳人文人《はいじんぶんじん》の方々が訪れると聞いて、幹どのにお願いしたのですよ」

「そういうことでしたか。ならばしっかりとお参りしよう。姉様を困惑させる幹次郎の句も少しはよくなるかもしれぬ」

「なんの、幹どのの句はおおらかでよい。近ごろ、なんぞ詠まれましたかな」

松並木が美事《みごと》な参道を歩きながら汀女が訊いた。

「姉様に披露《ひろう》するようなものはないがな」

と言いながらも、幹次郎はふたつの句を告げた。

「なんと、一句目は『灯が消えし　北国《さと》の岸辺に　寒鴉』ですか。情景が浮かびますよ」

「姉様、吉原の商い停止が分からぬ人には、なにを詠んだものやら分からぬ句じゃぞ」

「いえいえ、灯が消えしはたしかに商い停止を念頭に詠まれた句でしょうが、一時《いっとき》の仮寝をむさぼる遊女衆の姿とも重なります。上々吉《じょうじょうきち》の秀句です」

と褒め、

「二句目もようございますな、『初酉や　悲喜こもごもの　熊手かな』。幹どのの句には、どれも情が込められております。上手下手より大事なことです」

と姉様女房が年下の亭主を立ててくれた。

「そうかな」

「そうですとも」

と笑った汀女が、

「幹どの、其角先生の三囲を詠んだ句に、『早稲酒《わせざけ》や　きつね呼び出す　姥《うば》がもと』というのがあります。幹どのはどのような光景を思い浮かべますな」

と訊いた。

「『早稲酒や　きつね呼び出す　姥がもと』か、早稲酒は新酒にございますな。さて、きつねと姥が分からぬな」

「ほれな、其角様の句でも詠んだ時代背景が分からねば、その心は読み取れませぬ」

「それはそうにございましょうが」

「元禄のころ、老婆がこの境内に住まいなされ、参拝の方々が神酒《みき》などを稲荷社に捧《ささ》げると田圃に向かって柏手《かしわで》を打たれたそうな。するとお白狐《びやっこ》が現われ出て、願いの筋を神様へ取り次いだとか。そんな故事《こじ》が分からぬと其角先生の句も興が半減します」

幹次郎と汀女は境内のあちこちに建つ句碑や歌碑をのんびりと見て回り、三囲様にお参りして、吉原の商売繁盛とふたりの家内安全を祈願した。

ふたりはさらに長命寺《ちょうめいじ》に回って門前で名物の桜餅を食し、須崎村から寺島村《てらしまむら》、隅田村《すだむら》へと河畔《かはん》をそぞろ歩いて、木母寺《もくぼじ》を訪ねて梅若塚《うめわかづか》に参り、遅い昼を木母寺の門前にあった茶屋で楽しんだ。

「幹どの、なんとものんびりした一日でしたな」

帰りの渡しの船中で汀女が心から嬉しそうに幹次郎に話しかけた。

「それがしは会所の御用であちこちに出かけるが、姉様は長屋と吉原の往復ばかりじゃからな。これを機会に時折り、外出を致そうかな」

「遊女衆のことを考えると罰が当たりますね」

汀女がしみじみと言った。

大名高家《こうけ》や豪商を袖にする気位《きぐらい》を持つ太夫でも廓内から外に出る勝手気ままはありえなかった。

「籠《かご》の鳥《とり》の遊女衆にわれら夫婦が尽くすことができるやいなや。せいぜい世の毒虫が身につくのを振り払うくらいしかできぬな」

「せいぜい心豊かに日を送られる手伝いを致しましょうかな」
ふたりがそんなことを言い合っていると暮色《ぼしょく》の中、山谷堀が段々と近づいてきて、その先に万灯の灯りに浮かぶ吉原の里が見えてきた。
それが神守幹次郎と汀女が生きていく仕事場であり、生きがいであったのだ。
舳先が、
とーん
と船着場に当たり、ふたりだけの短い旅が終わった。

翌々日の夕暮れ、神守幹次郎は吉原会所七代目四郎兵衛の供で品川へ向かった。

老中を解任されて城中への出仕も止められ、江戸上屋敷も没収された田沼意次は、品川の御殿山近くの抱《かかえ》屋敷で密かに謹慎《きんしん》していたのだ。

あれだけ威勢を誇った元老中とて、今はそのもとを訪ねる人はない。

それだけに四郎兵衛の訪問を意次は喜んだとか。

挨拶に伺ったはずであった。それが意次に引き止められて酒が供《きょう》され、四方山話《やまばなし》に四郎兵衛も時を忘れたそうな。

四郎兵衛の一行が田沼の抱屋敷を出たのは五つ半（午後九時）を回っていた。

「神守様」

と駕籠の中から四郎兵衛が幹次郎を呼んだ。

「駕籠脇に従っております」

駕籠舁《か》きは吉原出入りの五十間道の駕籠勢《かごせい》の男たちだ。幹次郎の他は若い衆の宮松が提灯持ちに従っているだけだ。

「私も夜風に吹かれとうなりました」

四郎兵衛は駕籠を降りて歩くと言った。

「宮松、駕籠と一緒に後から来なされ」

と命じた四郎兵衛と幹次郎が肩を並べて先行した。

微醺《びくん》に火照《ほて》った顔を風に晒した四郎兵衛が、

「人の世は浮き沈みが常とは申せ、意次様の今のお姿を見るのは忍びないものがございました」

と四郎兵衛が言った。

意次の父、意行《おきゆき》は紀州藩士として八代将軍吉宗に従い、紀州から江戸に随行してきた。

意次は江戸で生まれて、吉宗の世継の家重《いえしげ》付の小姓に就いた。

以後、小姓組番頭格《ばんがしらかく》、小姓組番頭、側衆と順調に出世し、宝暦八年には一万石に加増、大名の仲間入りをした。さらに家重の長男、家治が十代将軍に就くや意次の栄達はさらに加速する。

側用人となって遠江相良二万石の城主となり、明和六年に老中格に昇進して、安永元年（一七七二）にはついには老中に登りつめた。

以後、家治の信頼を背景にした田沼時代が続く。

その栄華に陰りが見えたのが二年前、天明四年（一七八四）の若年寄田沼意知《おきとも》の暗殺事件だ。

意次の嫡男《ちゃくなん》の意知は、この年の三月二十四日に城中で番士《ばんし》佐野善左衛門《さのぜんざえもん》に、

「山城守《やましろのかみ》どの、覚えがあろう」

と叫びかけられ、二尺一寸（約六十四センチ）の太刀で肩と股《また》を斬りつけられた。

意知は、神田橋《かんだばし》の屋敷に連れ戻されたが治療の甲斐《かい》もなく数日苦しみ抜いた後に死んだ。

この事件は謎に満ちたもので、佐野の凶行の理由がいろいろと取り沙汰されたが、真相は未だ闇の中だった。

田沼親子の専横《せんおう》に対する怒りの鉄槌《てっつい》と考えた世間は、佐野善左衛門の墓に線香を手向《たむ》けては、

「世直し大明神《だいみょうじん》」

と崇《あが》めた。

二年前のこの意知刺殺事件から田沼意次の凋落は始まっていた。

「もはや田沼様の復活はございませぬ」

と四郎兵衛が言い切った。

「大老の井伊直幸様をはじめ、未だ幕閣には田沼派の方々がおられると聞きましたが」

「田沼様もそれを頼りになされておられますが時代は変わりました。もはや田沼時代に戻ることはありませぬ」

幹次郎は四郎兵衛の田沼屋敷訪問がそのことを確認する目的のためのものであったかと気づかされた。

「吉原は次なる田沼様を探すことに専念いたします」

「田沼派の井伊様、松平康福様、水野忠友様らの中に田沼様に取って代わる人物がございますか」

四郎兵衛は顔を横に振った。

「まず家治様の世子、家斉様が十一代様に就かれるはたしかなこと」

「家斉様の実父は一橋治済様にございますな」

反田沼の急先鋒であり、大黒屋正六を庇護《ひご》する勢力であった。つまりは吉原のただ今の敵が一橋治済ともいえた。

その息子が十一代将軍になろうとしているのだ。

「家斉様は十四歳にございます。となれば必ず後見が要る。その見極めを間違わぬことが吉原の命題にございます」

「一橋治済様とも手を結ばれる」

「必要なれば膝を屈しても手を結ばねばならぬ。すでに手は打ってございます」

と言った四郎兵衛は、

「そのためにはなんとしても大黒屋一派を葬り去り、吉原がだれの手中にあるかをその方々に見せつけねばなりませぬ」

どうやら四郎兵衛はそのことを幹次郎に知っておいてもらいたかったようだ。

東海道《とうかいどう》を歩くふたりはすでに増上寺《ぞうじょうじ》の門前を過ぎ、宇田川橋《うだがわばし》に差しかかっていた。

四郎兵衛が駕籠に戻り、一行は歩みを速めた。

東海道の起点の日本橋を渡り、本石町十軒店《ほんこくちょうじっけんだな》の辻で東に方向を変え、牢屋敷前を通過して浅草御門に出ると、浅草橋を渡り、御蔵前通り《おくらまえどお》へと出た。あとはひたすら北に向かい、今戸橋で山谷堀にぶつかって、日本堤、通称土手八丁を行けば衣紋坂だ。

駕籠が日本堤に差しかかったのは引け四つ過ぎのこと、大門は閉ざされているはずだ。

土手八丁に人影も途絶え、寒風が吹き抜けていく。

そのとき、駕籠の前方に提灯を持った宮松が先導し、幹次郎は駕籠の左側後方に位置を取っていた。

寒風をついて弓鳴りの音が響いた。

浅草田圃から射かけられたと直感した瞬間、幹次郎は駕籠脇に走った。走りながら刀研ぎが豊後行平と見立てた無銘の豪剣を抜くと飛来した矢を斬り飛ばしていた。さらに一条、闇を割いて光になった矢が飛んできた。

大剣は研ぎに出したばかり、斬れ味鋭かった。

幹次郎はこれも叩き落とした。

駕籠は停まっていた。

駕籠舁きは地べたにへばりついていた。

まだ衣紋坂の入り口に立つ見返り柳までは三丁（約三百二十七メートル）ほどあった。

「飛び道具で神守幹次郎を仕留めようとは笑止なり」

幹次郎は相手を釣り出そうと誘いをかけた。

「神守様」

と宮松が悲鳴を上げた。

土手下に六人の浪人たちが姿を見せた。そのひとりが弓矢を抱えていた。

「駕籠の中は吉原会所の四郎兵衛だな、命をもらった」

その言葉を聞いた幹次郎は、

「宮松どの、それがしが動いたら駕籠と一緒に吉原へ突っ走りなされ。よいな」

と指示した。

「神守とやら、居合が得意と聞いたが、鞘に戻すか」

数で優勢と見た土手下の浪人の頭分が幹次郎を挑発した。

「お言葉に甘えさせてもらいます」

幹次郎は、草履を脱ぎ飛ばすと、剣を鞘に戻した。

「おれの言葉に逆《さか》らう意気地《いくじ》もなき奴か」

と頭分が吐き捨てた。

「そなたの名を訊いておきましょうか」

「念流《ねんりゅう》稲垣《いながき》三郎平《さぶろべい》」

幹次郎は頷くと、駕籠舁きに言った。

「駕籠屋さん、息杖《いきづえ》をお貸しくだされ」

後棒から四尺（約百二十センチ）余の息杖を借り受けた幹次郎は上段に振り上げ、

「お手前方にはこれで十分」

「なにっ！」

土手下の稲垣ら六人が剣を抜いて散開すると、駕籠と幹次郎を襲う態勢を取った。

「おうっ！」

夜の土手八丁に神守幹次郎の雄叫びが響き、一気に土手下へと駆け下った。

六人が幹次郎を包囲するように輪を縮めた。

「ちぇーすと！」

怪鳥《けちょう》にも似た叫びが響くと土手を駆け下ってきた勢いを利用して、幹次郎が虚空に飛び上がった。

それは刺客の浪人たちの想像をはるかに越えて高々と虚空に舞い、振りかぶられた息杖が幹次郎の背を叩くと同時に着地に移り、稲垣三郎平の振り翳す剣をふたつに叩き折って飛ばし、額を強打していた。

薩摩示現流の厳しい修行を経た者だけが到達し得る業前《わざまえ》である、なんとも凄《すさ》まじき棒遣いだ。

どさり

と着地した幹次郎は一瞬も立ち止まることなく右に左に前に後ろに飛び跳ね、縦横無尽に動きつつ息杖を振るい、さらに動いて相手の腰を、肩口を叩き続けた。目にも留まらぬとはこの迅速な動きで、相手に反撃の暇《いとま》も与えなかった。

荒々しいまでの突風が吹き抜けたとき、土手下に六人が倒れ伏して呻き声を上げていた。

ふーうっ

と息を吐く幹次郎に、

「か、神守様」

と駕籠を出た四郎兵衛が圧倒的な戦いの結末を呆然と見下ろしていた。四郎兵衛一行は、幹次郎が動いたら走れと命じる言葉を聞いたが、駕籠舁きは動けなかったようだ。

二

吉原会所に四郎兵衛たちが戻ってきたとき、会所でも騒ぎが起こっていた。

土間に若い衆の保造の血塗れの死体ともうひとり年増女郎の死体が並べて横たえられ、それを囲むようにして沈鬱《ちんうつ》な面持《おもも》ちの番方の仙右衛門や若い衆が四郎兵衛の帰りを待っていた。

「いかがしましたな」

「七代目の留守の間に申し訳ないことが起こりました」

仙右衛門がこう前置きすると、

「羅生門河岸に見廻りに行った保造が二の長屋の一軒、お玉《たま》の切見世に誘い込まれて刺し殺されました」

仙右衛門の説明によると、夕暮れの刻限、見廻りに出た保造がお玉の切見世の戸が半ば開いたままなのに気づき、

「お玉さん、どうしたえ」

と立ち止まった。すると、

「会所の若い衆でございますねえ」

という男の声がして保造が中を覗き込むと、その襟首が摑まれて引きずり込まれ、いきなり匕首で、

ぶすり

と心臓《しんのぞう》をひと突きされた。

保造が叫ぶ暇もない一瞬の早業だった。呻こうとする保造の口を塞いで死を確かめた下手人はすでに殺していたお玉の死体の傍らに放置し、人通りの絶えた路地を逃げ出していったらしい。

「七代目、半刻後、馴染の客がお玉を訪ねて、ふたりの死体を見つけたというわけでございますよ。むろん見ていた者があるわけではありません。切見世は間口一間、だれもが見て見ぬ振りをして暮らしていく所にございます。仲間が感じた気配、漏れ聞いた言葉、ふたりの倒れ方からそう推測しただけにございます」

切見世とは吉原でも最下等の見世である。

間口は一間。三尺が引き戸で残りの三尺が羽目板《はめいた》だ。履物が二足も並ぶと一杯になる土間の向こうに狭い上がり框の板の間、それに二畳間。その奥に半格子の勝手がある。

それが客との営みの場であり、暮らしの空間であった。

「会所の若い衆でございますねえという問いかけを聞いた女がおるのだな」

「へえ、右隣の女郎がお店者《たなもの》のような言葉遣いを客の相手をする間に耳に挟んでおります」

「番方、新たな攻撃が仕掛けられてきたのですよ」

四郎兵衛が土手八丁での襲撃を話した。

「なんと、七代目にも手が伸びましたか」

番方が叫び、

「こうなれば面と向かっての戦いにございます。大黒屋に手を入れましょうぞ」

「番方、落ち着きなされ。相手の挑発に軽々《けいけい》と乗るものではないわ。相手の後ろには御城のだれぞが控えておられる戦です、根回しもいる。ここはじっくりな、腰を据えて策を練るときです」

「どうなさるので」

「まずは保造とお玉の通夜です、仕度をしなされ」

四郎兵衛が命じて、怒りを鎮《しず》めた番方らが動き出そうとした。

そのとき幹次郎が、

「四郎兵衛様、羅生門河岸の二の長屋を訪ねて参ります」

と許しを得るのを聞いた仙右衛門が、

「市之助《いちのすけ》を二の長屋に残してございます」

と四郎兵衛に代わり答えていた。

幹次郎は独り会所の裏口を使い、路地から江戸町一丁目に出ると仲之町を横切った。

引け四つの拍子木の鳴った遊里である。

惚れた太夫と一夜だけの夢を結ぶ者、遊女に振られて独り寂しく寝床の広さを思う客、客が取れず自棄酒《やけざけ》を呑む女郎と、各々《おのおの》が様々な夜を過ごしている刻限だ。

水道尻辺りで犬が遠吠えをした。

江戸町二丁目の木戸を潜り、明和のころまでは堺町《さかいまち》とも呼ばれた通りを抜ける。さらに木戸を潜ると局見世、切見世、鉄砲《てっぽう》見世と様々の呼び名の遊女屋が狭い路地の左右に連なる羅生門河岸に出た。

食べ物、愛欲、汗の匂いなどが入り混じって饐《す》えた臭いを放つ路地を行くと有《あり》明行灯《あけ》だけを点した切見世から女郎と客が一時の官能に溺《おぼ》れる声が漏れてきた。

さらに進む。

「神守様」

という声がして若い衆が闇から姿を見せた。

「保造どのが殺された見世を確かめたい」

「へえっ」

市之助が後ろを向くと斜め左手の切見世を指した。

お玉の城は河岸を南西に進んで九郎助稲荷に近い位置にあり、高い板塀を背負って、塀の向こうは鉄漿溝だ。

市之助が先に立つと血の臭いが漂う切見世に入り込み、行灯に火を入れた。

間口一間、奥行二間余の場には思ったほど血だまりはなかった。畳の上に染みが残っている程度だ。

「神守様、血をたっぷりと吸った夜具はすでに処分しましたんで」

小声で囁く市之助に頷き返した幹次郎は、

「下手人の声を聞いたという女郎どのは客を取っておられるか」

と訊き返した。すると隣の切見世から声がした。聞き耳を立てていたのだろう。

「今、そっちに行くよ」

寝巻きの上に綿入れを羽織った白塗りの女郎、お条《くめ》が土間に入ってきた。

「夜分すまぬな」

「お玉さんのことを思うと寝られやしないよ」

「そなたはお玉さんの客の声を聞いたとか。奉公人の言葉遣いだったそうだな」

お条が頷く。

「姿は見ておらぬのだな」

さらに首肯したお条が、旦那、待ってなと言い残すとふたたび路地に消えた。

しばらくすると仲間の女郎を連れて戻ってきた。

「あのあと、お美音《みね》さんと雪隠《せっちん》で会って話したんだがねえ。お美音さんがちらりと見た人影が、お玉さんと保造さんを殺した男のようだというのさ」

市之助が舌打ちして、聞き込みの不手際を呪《のろ》った。

狭い土間でお条とお美音が入れ替わり、

「見たといっても風のように暗い路地を通り過ぎただけだからね」

「それでよい。教えてくれぬか」

「細身の着流しでねえ、片手を襟口に突っ込んでいたように思うのさ」

「歳恰好は」

「身は軽かったが四十前かもしれないよ」

「背丈はいかがかな」

「旦那よりも低いやねえ」

「お店者と思うか」

「いや、あいつは堅気《かたぎ》じゃないよ」

と人を見る職業のお美音が言い切った。

お美音の切見世はお玉の二軒隣で客が帰ったばかりだった。上がり框から板の間に上がろうとしたとき、路地を音もなく駆け抜ける気配に振り返ったという。

その挙動は堅気の者のものではないとお美音は重ねて強調した。

それ以上のことは知らぬというふたりの女郎に礼を述べた幹次郎は、吉原会所に戻った。

「なんぞ分かりましたかな」

四郎兵衛が早速訊いてきた。

「百面の銀造の仕業かもしれませぬ」

お条とお美音のふたりから聞き出した話を告げた。

「お店者のような言葉遣い、やくざ者の身のこなし、それに憐憫《れんびん》の情《じょう》のひとかけらもないところと、いろいろな貌《かお》を持っておるゆえ、銀造は百面の異名を頂いておるのかもしれませぬな。明日から廓外に手を回して、百面の銀造を追いかけます」

四郎兵衛が言い切った。

その夜の内に保造とお玉の通夜と弔いを終えた吉原会所の面々は、番方の仙右衛門が頭になって百面の銀造の探索にかかった。

一方、四郎兵衛は、吉原を牛耳《ぎゆうじ》る総名主《そうなぬし》や町名主の幹部たちと幕閣へ探りを入れる画策に奔走《ほんそう》していた。

幹次郎は、手薄になった吉原会所に常駐することにした。

そんな日々が二日、三日と過ぎていった。

昼見世が始まろうかという刻限、留守番の幹次郎のところにふたりの女の客があった。

ひとりは汀女だ。もうひとりはだらりとした綿入れに巻帯という装束、遣手風の年増女だ。

遣手とは妓楼の二階、遊女たちの仕事場を取り仕切る女で、遊客の懐の吟味から酒、台《だい》の物《もの》（仕出し料理）の注文手配、さらには遊女の私生活にまで旦那になり代わって口を出す権限を持っていた。遣手の小部屋は大階段を上がった階段側にあって、遣手の視線を掻い潜って階下に下りるなどできない相談だった。

偶然居合わせた四郎兵衛が、

「汀女先生、亭主どのを毎日借り受けて申し訳ないことです」

と詫びて、視線を年増女に移した。

「お栄《えい》、なんぞ会所に訴えかな」

と訊いた。

お栄が汀女を見た。

「四郎兵衛様、本日の手習い塾をお栄さんのおられる妓楼吉羽楼《よしばろう》にて執り行いました。それが終わったあと、後片づけをお栄さんと一緒にしたのでございます。そのとき、お栄さんが殺されたお玉さんのことを持ち出されました」

汀女はお栄が話がし易いように道筋をつけた。

「七代目、お玉さんは昔、吉羽楼のお職《しょく》（稼ぎ頭）を張ったこともある女郎でしたよ」

「おおっ、思い出した。たしか、酒害が因《もと》で容色が衰《おとろ》え、ついには羅生門河岸まで落ちたのだったな」

「なにしろ酒が好きで好きで浴びるように呑んで体を壊しましたので」

「それがどうしたな」

「十年余り前、まだお玉さんが吉羽楼の稼ぎ頭のひとりだったころのことですよ。実直そうなお店者の客にお玉さんが惚れ込んだことがあったので。私はさ、どうもそのお店者がうさん臭くてお玉さんに意見をしたことが何度かありました。それから数日後のこと、女将《おかみ》さんの使いで浅草真砂町《まさごちょう》まで使いに行かされ、帰りに裏道を通ろうとしたら、ばったりそのお店者の仁平《にへい》にあったんですよ。そしたら、七代目、仁平の奴、私を恐ろしい顔で脅《おど》しやがったんで」

「どう脅したな」

「それがさ、片手を襟口に突っ込んだ恰好で、おめえは吉羽楼の遣手だな。いらぬ節介をすると大川に浮くことになるぞってねえ。私もまだ意気盛んなころのことだ。仁平さん、遣手の機嫌を損じて吉原で持てようなんて魂胆を起こさないことだねえと言い返しましたのさ」

「よう言うた」

「七代目、そしたら、おれをただのお店者と甘く見るんじゃねえ。百面と異名のお兄さんだと鈍く光る細い目で睨まれてねえ、身が竦みましたよ。その直後にお玉さんが酒でしくじった上に病になった。そんなこんなで仁平に会う機会はなくなりましたので」

「面白い話だな」

「お玉さんを殺した野郎は、百面の銀造って噂が廓内に流れていますんでねえ、どうしたものかと汀女先生に相談申し上げたんで」

「お栄、よう汀女先生に話したな。これで手がかりがついた、有難うよ」

と吉原会所の頭取に礼を言われた遣手のお栄の頰が緩んだ。

「お栄どの、仁平は真砂町の裏路地を通りかかっただけであろうか。それともその界隈に住んでいたのであろうか」

幹次郎が訊いた。

「あいつは湯屋の帰りでしたから、間違いなくあの界隈に住まいがあったのだと思います。なあに、お店者であるものですか」

「相分かった」

お栄は四郎兵衛からなにがしかの小遣いをもらって嬉しそうに会所を後にした。

「まず十数年前の仁平が、お玉を殺した下手人、百面の銀造とみてようございましょう。切見世にまで落ちたお玉のところに立ち寄って部屋に潜り込んだは、保造を油断させるためだ、なんとも冷酷非情《れいこくひじょう》な野郎です」

「四郎兵衛様、十年前の話です。銀造の塒《ねぐら》も変わっているとは思いますが、真砂町界隈を当たってようございますか」

「神守様、真砂町はさほど大きな町ではありませぬ。まずはおひとりで当たってご覧なさい。仙右衛門らが戻ってきたら助っ人に行かせます」

四郎兵衛はすぐに承諾した。

幹次郎と汀女は大門を出ると、五十間道を山谷堀へと上がっていった。

昼下がり八つ半（午後三時）の刻限だ。

昼見世を見物しようという勤番侍が廓のいろはが記された『吉原細見《さいけん》』を片手に大門へと向かって下っていった。

「なんぞ手がかりが摑めるとようございますな」

「姉様がもたらしてくれた情報《はなし》ゆえな、なんとか形にしたいものだ」

ふたりは日本堤から浅草田町への道を下り、左兵衛長屋の入り口で別れた。

一文字笠に着流しの幹次郎は、浅草田圃の間に延びる道を進み、非人頭の車《くるま》善七《ぜんしち》が差配する浅草溜《ため》の前を通過して、金龍山《きんりゅうざん》浅草寺の裏手に出た。そこで道を右手に取り、浅草寺の境内を右回りに回ると浅草田原町の辻にぶつかる。

真砂町は右手に寺町を見ながら真っ直ぐに進むとその左側にあった。

東と南を武家地に、西を幹次郎が歩いてきた通りに囲まれた真砂町は、その昔、大円寺《だいえんじ》の跡地で単に大円寺上ヶ地と呼ばれていたところだ。明和年間に真砂稲荷があるところから真砂町と町名が与えられていた。

南北三十間（約五十五メートル）余、東西は十五間（約二十七メートル）余から二十二間（約四十メートル）ほどの、狭い町内だ。

幹次郎は表通りの米屋で古手の大家のいることを聞き取り、まずそこを訪ねてみた。すると初老の大家が、

「真砂町には裏長屋はせいぜい数軒にございますよ。だれをお探しで」

「十数年前の話にございます。お店勤めと自称しておりました仁平、あるいは百面の銀造と申す者がこの界隈に住んでいたと聞いて来ました」

「ふたつ名を持つ人物などはうちの長屋に住まわせませぬ。もしかしたら、この

路地をさらに東に入った藤五郎《とうごろう》さんの長屋かも知れぬな。だが、遊び人なれば長くは居つかぬものでな、まず引っ越していよう」

「有難うございました」

大家に教えられた藤五郎長屋を訪ねると、藤五郎は、

「十年も前に住んでいた仁平ですと、そんな者がいたかな」

と首を捻《ひね》った。

「百面の銀造とただ今は名乗っておりまして、当時の年は三十前、細身のきびきびした動きをなす者です。懐にはいつも匕首を忍ばせて、片手を柄にかけているような危険な人物にございます」

「分かった、分かりましたよ。うちでは担ぎ小間物屋《こまものや》の鶴次郎《つるじろう》を名乗っていた男でねえ、十年も前に引っ越していきました」

「行き先はお分かりではございませぬか」

「最初は実直そうな商人を装っていましたが、長屋の住人と厠《かわや》を汚したの汚さないだのと揉めたとき、大工の田吉《でんきち》を半殺しの目に遭わせて正体を見せました。その三月《みつき》後か、引っ越したときには長屋じゅうがほっとしましたよ。どこに行ったかなど知るものですか」

遺手のお栄からもたらされた百面の銀造の行方は、ここでぷっつりと途切れた。

だが、仁平が百面の銀造と同一人物とみてまず間違いないことが確かめられた。

幹次郎は、帰り道、浅草寺境内を抜けて本堂から奥山《おくやま》を通り、北側へと出た。

すでに霜月末の日は西に沈み、浅草田圃を薄く宵闇が包もうとしていた。

道の両側に疏水《そすい》が流れ、左右は田圃で空《から》っ風が吹きつけてきた。

幹次郎は一文字笠を揺らすほどに吹く風に逆らって歩を進め、浅草溜の前を通過しようとした。するとちょうど溜に戻ってきたらしい数人の中から、

「神守様」

と呼ぶ声がした。

幹次郎が顔を上げて見ると浅草溜の車善七だった。

明暦《めいれき》の大火の焼死者の埋葬に尽力したのは、車善七と配下の者たちだ。その善七の溜が吉原の裏手に引っ越してきたのは寛文《かんぶん》六年（一六六六）のことである。

小伝馬町の牢に入れられた未決囚のうち、病人をこの溜に収容した。

広さは京間間口二十間、京間奥行四十五間、千余坪だ。

「ご無沙汰しております」

「神守様のご活躍はいろいろと耳に挟んでおりますよ」

「会所のご厚意でなんとか夫婦が安楽に暮らしております」

「吉原で会所の若い衆が殺されたと聞きました。沈鬱な顔をなされておるがそのことと関わりがありますのかな」

と幹次郎に訊いた善七は連れの者たちに、

「そなたらは溜に戻っておれ」

と命じた。

浅草溜の門前に善七と幹次郎のふたりだけになった。

「女郎と若い衆を残酷にも殺した百面の銀造なる者の痕跡を求めて、昔の長屋を訪ねたところです。予想はしていましたが十年も前に引っ越して、ただ今では行《ゆき》方《がた》知れずになっておりました」

「百面の銀造ですか。どのような男で」

幹次郎は、善七の真摯《しんし》な問いかけについ銀造のことを話した。

「われら、四民の外に置かれた者にございますが、われらなりの網《あみ》もないこともない。なんぞ引っかかりましたら、神守様のお長屋にお知らせ致しますよ」

と約束した善七が木戸から溜の中へと姿を消した。

三

無益な日にちが三日四日と過ぎていった。

番方の仙右衛門らは朝早くから吉原を出て、夜遅くまで百面の銀造の姿を求めて江戸じゅうを走り回っていた。その顔に疲労の色が濃くこびりついて空《むな》しくも時ばかりが流れていく。

幹次郎は、ひたすら吉原会所を独りで守り続けた。

吉原にも伊勢《いせ》の御師《おんし》が供の者に伊勢暦《ごよみ》を担がせて訪ねてくる季節が巡ってきた。

幹次郎はその日の朝、山口巴屋の玉藻に誘われて、廓内にある四つの稲荷社に順に参った。

底冷えのする日で鈍色《にびいろ》の雲が空を厚く覆っている。

玉藻も父の四郎兵衛や仙右衛門が苦労している姿を見て気に病んでいたのだ。

玉藻は明石稲荷から始めて、九郎助稲荷へと回り、社殿の水を新しく取り替え、持参した榊《さかき》と御賽銭を捧げた。

その間に幹次郎は狭い社殿の周辺を掃き清めた。

五つ半時分、未だ吉原は眠りに就いていた。

ふたりは九郎助稲荷から水道尻を抜けて開運（松田）稲荷に向かおうと秋葉常燈明の前に差しかかった。

「神守様に掃き掃除などさせて申し訳ございませぬ」

玉藻が幹次郎に詫びたとき、空からついに白いものが降ってきた。

「寒い寒いと思うていましたら、雪になりました」

玉藻が白い顔を空に向けた。

「探索の邪魔をせねばよいが」

京町一丁目の方から羽織袴のでっぷりと太った壮年の男が供の男を三人伴い、水道尻に姿を見せた。

供のひとりは背に荷を負った手代《てだい》で、残りのふたりは堅気の形《なり》はしていたが、懐に匕首を呑んでいそうな手合だ。

「大黒屋さん、おはようございます」

玉藻の挨拶に、

「おうっ、これは山口巴屋の女将さん、おはようございますな」

と大顔に如才《じょさい》のない笑みを浮かべて挨拶した。

幹次郎は初めて大黒屋正六を間近で見た。

吉原に新たな勢力を伸ばそうという野心と気概に溢れた不敵な面魂《つらだましい》だ。一方でその全身から暗い翳《かげ》も感じられた。

「朝早くからお出かけとはご苦労に存じます」

「女芸者になりたいと申す娘が三、四人おりましてな、顔を見に参るところですよ」

「ますます見番商売ご繁盛おめでたいことでございます。それだけに大黒屋さんの気苦労は大きくございましょう」

「女芸者は花魁衆の陰の者、引き立て役にございますれば顔は二の次、人柄がよくて芸事に関心がある娘を探すのが私どもの苦労でしてな」

とにこやかに玉藻と言葉を交わしていた大黒屋の視線が玉藻の後ろに立つ幹次郎に移された。

「吉原会所の先生か、よく見ればお若いな」

冷たい眼差《まなざ》しで嘗《な》め回すように見た大黒屋が、

「裏同心稼業《かぎょう》も商売繁盛のようですな」

と大胆にも言い放った。

「よしなにお付き合いのほどを願います」

幹次郎はただそう言うと頭を下げた。

「廓内には隠密同心の控えなさる面番所もある。あまり廓内外で派手な動きはせぬことだな」

と捨て台詞《ぜりふ》を残した大黒屋の一行が足早に大門外に去っていった。

玉藻がその背に小さく、

「尻尾を出すのはどちらかしら」

と呟いた。

その日、一日江戸に雪がちらちらと降り続いた。

幹次郎は夜、四郎兵衛に暇をもらって左兵衛長屋に戻った。すると木戸口で汀女とばったりと会った。

傘を窄《すぼ》めて外出の仕度である。

「姉様、どこぞにお出かけか」

「そなたの元に参るところでした」

汀女は袂から一通の書状を出した。

「どうなされた」

「先ほど戸口に人の気配がしたので出てみると、この書状が差し込まれてありました。宛名《あてな》も差出人の名もないが幹どのに宛てられた書状のようでな」

「姉様、長屋に戻ろう」

ふたりは木戸口から長屋に戻ると、汀女が消したばかりの行灯の灯りを点した。

幹次郎は封を切った。

〈神守幹次郎様　百面の銀造なる半端者《はんぱもの》の姿、しばしば加賀宰相《かがさいしょう》様の江戸屋敷近く、本郷菊坂町《ほんごうきくさかちょう》界隈に見かけられるとの聞き込みありて探りを入れし処《ところ》、長泉寺《せんじ》北側の駒込追分《こまごめおいわけ》の薪炭《しんたん》商村木屋《むらきや》の家作《かさく》に住まいし事判明。長屋の目印は木戸口に老松《おいまつ》が立ちて枝が四方にさし掛けられおり候《そうら》わば界隈の人、古松《こしょう》長屋と称しおり候。この事取り急ぎ神守様に知らせ参らせ候　善七〉

流れるような文字でそう記されてあった。

「助かった」

神守幹次郎は浅草溜の方角に向かい深々と頭を下げた。

「姉様、一夜休みをもらったが、この足で会所に戻る」

「幹どの、お待ちなされ」

汀女は座敷の片隅に用意してあった綿入れの袖無し、黒地の羽織袴へ着替えなされと言った。

このところ、会所に座るだけの日々、幹次郎は着流しだった。

「姉様の心遣いじゃ、着替えよう」

年上の女房に手伝ってもらって下帯から着替え、足袋《たび》まで履かされた。

幹次郎は、無銘の長剣から和泉守藤原兼定二尺三寸七分に替えた。

長屋での戦いを想定したからだ。

黒漆塗りの鞘に黒革巻の柄、竹に雀の鍔拵え、刀身は地鉄《じてつ》小板目《こいため》、刃文《はもん》大互《おおぐ》の華やかにも美しい一剣は、その昔、支払いに困った旗本が遊興費のかたに置いていったものとか。

四郎兵衛が幹次郎に贈ってくれたものだ。

汀女はさらに、雪道を歩き易いようにと足駄《あしだ》を差し出した。

「これなればどこにでも行かれよう」

一文字笠を被った幹次郎は、

「姉様、戸締りをしっかりして休みなされ」

と言い残すと日本堤に走り上がった。

会所では四郎兵衛を囲んで番方らが明日からの段取りを話し合っているところだった。

「おや、神守様、どうなされたな」

「四郎兵衛様、まずこの書状を」

幹次郎は浅草溜の主、車善七の書状を見せた。

幹次郎の顔と書状を交互に見た四郎兵衛が無言で受け取り、素早く目を通すと、

「番方、有難いことじゃ。手がかりが舞い込んだぞ」

と仙右衛門に善七の書状を回した。

一目で内容を読み取った仙右衛門が、

「百面の銀造の住処《すみか》が分かった。押し込む仕度をせえ」

と長吉らに命じた。

若い衆が畏まって立ち上がった。

「神守様、そなたと善七どのが知り合いとは存じ上げなかったがな」

「花魁の香瀬川《こうせがわ》らが吉原から姿を消した騒動の折り、鉄漿溝を独りで見て回ったことがございました。そのとき、善七どののほうから挨拶されて知り合いになったのです」

「そういうことでしたか」

「数日前、真砂町に銀造の昔の住まいを探しに行きましたな。帰り道、悄然《しょうぜん》と浅草溜の前を通り過ぎる私を見かけて善七どのが声をかけられ、事情を問われたのです」

「事が終わったら、善七さんには礼に伺わねばなりませぬな」

そう言った四郎兵衛は仙右衛門に、

「雪が降っておる。そなたと神守様は駕籠で行きなされ」

と命じた。

「それがし、雪仕度をしておりますれば」

「銀造を手捕りにした暁には駕籠に乗せてくることも考えられる。そのためのものだ、遠慮はいりませぬよ」

と四郎兵衛が言い添えた。

四つの刻限、幹次郎と仙右衛門を乗せた駕籠二丁を囲むように長吉、宮松、新《しん》三郎《ざぶろう》の若い衆三人が従った。

雪の吉原に遊びに駆けつけようという飄客が衣紋坂から駕籠を飛ばしてやってくるのを見ながら、黙々と日本堤を三ノ輪に抜け、不忍池《しのばずのいけ》を回ると湯島《ゆしま》の切通しを越え、本郷三丁目の辻に出た。

幹次郎は乗り慣れぬ駕籠の中で和泉守藤原兼定を膝に抱えて揺られていた。垂れを透かすと長吉たちの菅笠の上に降り積もった綿帽子が一寸（約三センチ）に及ぼうとしていた。

雪道を一刻余り費やして本郷菊坂町の長泉寺の山門前に到着した。

幹次郎と仙右衛門が駕籠から出る間に、長吉たちが辺りに散って老松の立つ長屋を探した。

幹次郎の足駄の歯が雪道に一寸半（約四・五センチ）余も沈んだ。

「番方、それらしき長屋がありましたぜ」

長吉が雪道を走ってきた。

「よし」

と言った仙右衛門が馴染の駕籠舁きに、

「しばらく待ってくんな」

と命じた。

「へえっ」

駕籠舁き四人が山門の下に駕籠を運び、雪を避けるのを確かめた仙右衛門は幹次郎に無言で頭を下げた。

長吉に案内されて長泉寺の築地塀《ついじべい》を西側へと回り込んだ。塀際の道に宮松たちの足跡が残り、それが銀造の住む古松長屋へと導いていた。

吉原会所の長半纏を裏返しに着て身許を隠した宮松が姿を見せて、手を振った。

「番方、野郎の長屋は二階長屋、酒でも呑みながら博奕《ばくち》をしている様子だ」

百面の銀造は金回りがいいとみえて、階下に一間、二階に二間の長屋の主だという。

仙右衛門はどん詰まりの戸口から灯りが漏れる長屋を確かめ、

「よし、長吉、裏口におめえら三人が回り込め。表からおれと神守様が押し込む」

「へえっ」

長吉らは木刀を用意してきていた。

仙右衛門は懐に匕首を隠していた。

幹次郎は藤原兼定の目釘を確かめ、仙右衛門に合図を送った。

長吉がふたりに先行して長屋の路地を走り抜け、裏口へと回った。

仙右衛門と幹次郎は、銀造の長屋の戸口に立った。

幹次郎は足駄を脱ぐかどうか迷っていた。

仙右衛門が引き戸を開いて、三和土《たたき》にするりと身を入れた。

幹次郎も続いた。

戸口から吹き込む風に気づいた男のひとりが、

「だれでえ！」

と誰何《すいか》した。

浪人ふたりとやくざ者三人が板の間の向こうの奥座敷で茶碗酒を呑みながら花を引いていた。

幹次郎は素早く銀造の顔を確かめたが、その五人の中にはいなかった。

「百面の銀造の長屋だな」

「てめえたちは何者だ」

「吉原会所と言えば分かるな」

五人が花札や茶碗を投げ出し、刀や長脇差《ながどす》を摑んだ。

「雑魚《ざこ》には用事がねえ、銀造はどこだ」

仙右衛門の声が飛んだ。

「わざわざ先方から出向いてきたぜ、お笑い種《ぐさ》だ。銀造兄いを見損なっちゃいけねえな」
冷笑するように言うと兄貴分が浪人ふたりに、
「会所の用心棒は腕が立つそうだぜ」
と注意を促した。
「心得た」
ふたりの用心棒が剣を抜いた。
幹次郎は羽織を脱ぎ、足駄を三和土に飛ばして足袋跣《はだし》になった。
左右と天井の間合を素早く確かめて、
そろり
と板の間に上がった。
仙右衛門が続いた。
相手は浪人を前に、三人の遊び人たちがその後方を長脇差や匕首で固めていた。
幹次郎は左手で鞘を摑み、峰を回した。
間合は半間とない。
すでに死地に入っていた。
右手の浪人は狭い屋内での闘争に突きの構えを取った。もうひとりは下段に切っ先を垂らしていた。

睨み合いが続いた。

どーん！

音が響いて三人の遊び人の後方の雨戸と障子戸が蹴り破られ、長吉たちが背後から威嚇《いかく》した。

三人は背後の長吉たちに向かい合い、木刀と長脇差、匕首での戦いが始まった。

その直後、突きの構えの浪人が果敢に幹次郎に突進してきた。

切っ先が幹次郎の喉に向かって伸びてきた。

幹次郎が切っ先をぎりぎりまで引きつけ、間合を外して右手に飛び違いながら柄に手をかけると鞘走らせた。

眼志流の「浪返し」。

和泉守藤原兼定が光になって、擦《す》れ違おうとする浪人の腹部を薙《な》いだ。

うっ
という呻き声を発して浪人が三和土に転がり落ちていった。

狭い屋内での闘争だ、幹次郎は機敏にも壁を背に反転していた。

剣を峰に返した。

もうひとりの浪人が下段の剣を振り上げながら突っ込んできた。

幹次郎は兼定の峰で振り上げられる刃を押さえた。

「おのれ!」

引き外そうとする相手の力を利してさらに押さえ込むとふいに力を抜いた。

相手の剣が、
ふわり
と力なく浮き上がった。

その瞬間、藤原兼定の峰が肩口を叩いて転がした。

裏口から追い立てられた遊び人らは、二階への階段を駆け上がり、二階から逃げようとした。

それを仙右衛門らが追った。

女の悲鳴が二階から上がり、幹次郎も駆け上がった。すると緋《ひ》の長襦袢《ながじゆばん》を着た女が寝床でがたがたと震えていた。

二階の戸を破って物干場から屋根に逃げた三人を長吉らが追っていった。

その場に残ったのは仙右衛門と幹次郎、女だけだ。

開け放たれた窓から雪混じりの寒風が吹き込んできた。

仙右衛門が破られた障子戸を閉じた。すると幾分吹き込む風が和らいだ。

「おめえさんの名はなんだえ」

仙右衛門が匕首を懐の鞘に戻しながら訊いた。

「わ、わたしはなにも知りません」

「名を訊いているのさ」

「ま、まき」

「おまきさんか。銀造はどこへ行ったえ」

「知りません」

「おまきさん、雪道を冗談で本郷菊坂町まで下ってきたんじゃないぜ。おめえさんが喋らねえと言うのなら、おめえの体に訊くことになる。うちは銀造にふたりも殺されているんだ」

「お店の番頭さんのような恰好で八つ半過ぎに出かけましたが、行く先なんぞを言う人ではありません」

破れ障子が開かれ、長吉たちがひとりの男を引き立ててきた。

「女は銀造の行き先を知らないそうだ」

仙右衛門が長吉に言った。

座敷に転がされた男の首筋に長吉が黙って匕首の切っ先を突きつけた。

「一度しか聞かねえ、銀造はどこだ」

仙右衛門が訊いた。

男は寒さか恐怖か、身を震わしていたがなにも答えなかった。

「長吉、やれ」

仙右衛門の押し殺した声に長吉が頷いた。

「よ、吉原だ。銀造兄いは吉原に仕事に行ったんだよ！」

と叫び、仙右衛門が、

「しまった！」

と驚きの声を響かせた。

四

百面の銀造は吉原に仕事に行ったと告げたやくざ者の公三郎《こうざぶろう》を駕籠の一丁に乗せて、残りの一丁に神守幹次郎が乗った。

降る雪をついて浅草裏まで仙右衛門らは走ることになった。

幹次郎は仙右衛門を駕籠に乗せようとしたが、

「神守様、高足駄で雪道を走るわけにはいきませんぜ。それに神守様には吉原に戻って大仕事が待っていそうだ。まあ、ここは仙右衛門の言うことを聞いてお乗りください」

と仙右衛門が言うので、幹次郎が駕籠の人となったのだ。

二丁の駕籠を囲むように一行は走った。

雪を蹴立てて走った。

笠を被った顔から足先まで全身を白塗れになりながら駆けた。

一行が五十間道に立ち塞がった大門の前に戻りついたのは八つ（午前二時）の刻限であった。

吉原は森閑とした眠りに就いていた。

幹次郎らは不安を抱きつつも公三郎を吉原会所に連れ込んだ。

四郎兵衛は寝ずに幹次郎らの帰りを待っていた。

「仙右衛門、そなたらはうちの湯に行って着替えてきなされ」

全身を雪塗れにした仙右衛門たちはその場を幹次郎に任せ、風呂に直行した。

その場に残った幹次郎は、本郷菊坂町の銀造の長屋で起こったことを報告した。

「なにっ、銀造がお店者の恰好で吉原に入り込んでいるですと」

「こやつが申すには京橋《きょうばし》の小間物屋三条高瀬《さんじょうたかせ》の番頭という触れ込みでこれまでも二度ほど登楼していると申すのです。ですが引手茶屋がどこか、妓楼がどこか、敵娼《あいかた》の名がなにかは知らぬというのです」

公三郎は会所の土間に引き据えられてふてた顔をしていた。

「公三郎さんといいなさるか、なんぞ思い出したことがあれば話さぬか。これはおめえさんの命に関わることだ。性根《しょうね》を据えて返答しなせえ」

四郎兵衛の沈んだ声が響いた。

公三郎は上目遣いに四郎兵衛を見ては何事か考えごとをしていた。

幹次郎が藤原兼定の鯉口を静かに切った。

その音が森閑とした会所の土間に響いた。

「おりゃ、ほんとに兄いがどの見世に上がっているかなんて知らねえ。だがな、茶屋は廓内じゃねえ、廓外の編笠茶屋だと言っていたのはたしかだ」

「茶屋の名は」

「そこまでは知らねえ」

四郎兵衛も幹次郎も公三郎の必死の表情から嘘ではあるまいと思った。

大門の外の茶屋は五十間道、田町、竜泉寺前、大音寺前などに五十軒ほどあった。

「公三郎、銀造はこの吉原でなにをする気だ」

「そんなことをおれっちに話す兄いじゃねえ」

叫ぶように公三郎が言った。

四郎兵衛が幹次郎の顔を見た。

「銀造は得物を身につけているはずだ。匕首は懐に隠しておるな」

「どんなときだって胸下まで巻き込んだ晒しに一本呑んでますぜ」

「他に得物は」

公三郎が一拍置いて言った。

「煙草入れだ」

「煙草入れがどうしたな」

「兄いは煙草吸いじゃねえや。だが、煙草入れは常に腰に差している。その煙管を入れる牡丹蒔絵《まきえ》の筒に短筒《たんづつ》が仕込んであるのさ。これぱっかりはだれにも触らせねえ」

「仕込み短筒を発射するのを見たことがあるか」

「舟で大川を上ってよ、鐘ケ淵《かねがふち》の人気《ひとけ》のないところに短筒の試しに従ったことがあらあ。兄いは五、六間なら狙いを外さねえと威張っていたっけ。実際よ、五間で的にしたぶら提灯を撃ち抜いたぜ」

仙右衛門たちが雪に凍えた体を湯で温め、着替えして姿を見せた。

四郎兵衛が仙右衛門ら吉原会所の若い衆十余人に、

「百面の銀造は京橋の小間物屋の三条高瀬の番頭という触れ込みで二度ほど登楼しておる、今宵が三会目だ。だが、野郎が床入《とこい》りに来たとも思えない。茶屋は廓外の編笠茶屋としか分からぬ。仙右衛門、この一刻が勝負だ、まずは五十間道から当たれ」

吉原にはいろいろな仕来たりがあった。

初めての客は、「初会《しよかい》」と称し、登楼しても遊女と顔合せだけで終わる。

二度目を「裏を返す」と言い、三度目でようやく馴染となる。

三会目　箸一膳の　主《ぬし》となり

三会目で遊女は客を一家の主人の如《ごと》く専用の膳と箸を用意して迎え、宴の後に初めて帯を解く。

「へえっ」

仙右衛門らがふたたび会所を飛び出していった。

会所に残ったのは四郎兵衛、幹次郎と、土間に座らされた公三郎の三人だけだ。

「神守様、銀造がなにを考えておると推量なされますな」

「雪の晩にございますれば火つけとも思えませぬが」

ふたりの一番の危惧《きぐ》はそこに行き着く。

「敵娼の女郎を殺してもわれら会所の者を狙っても騒ぎは騒ぎだが、二度も繰り返すとは思えませぬな」

「女郎衆を殺して妓楼から抜け出すことは難しゅうございましょう」

「遣手の眼が光っておりますからな、まずできますまい。となると銀造は騒ぎを起こして混乱の中に大門の外に逃げ出すことを考えておる」

「やはり火つけでございましょうか」

「そこがなんともな」

時だけが過ぎていく。

幹次郎は会所の戸を開けて外を見た。

雪は降り続き、四寸（約十二センチ）ほど積もって、吉原は真っ白の雪景色に沈んでいた。

八つ半（午前三時）前、宮松が会所に走り戻ってきた。

「五十間道の茶屋を当たりましたが銀造を通した様子はどこもございませぬ。ただ今、田町を当たっております」

と報告するとまた雪の中へと消えていった。

「半刻で茶屋が見つかるか」

妓楼の若い衆が遊女と一緒に床に眠る客に、

「お迎えに来ました」

と誘いに来るのは半刻後、七つ（午前四時）時分だ。その刻限が迫っていた。

吉原は客に奉公を失敗させるよりも長く付き合ってもらうほうが得策なのだ。だからこそ客の帰りの刻限には気を遣った。

むろん銀造が二日以上の居続けをする考えなれば探索の余裕はあった。だが、小間物屋の番頭を自称している以上、一夜遊びと考えたほうがいい。

会所の表に足音が響いた。

仙右衛門を先頭に雪塗れの一団が飛び込んできた。

「七代目、分かりましたぜ」

仙右衛門が顔の雪を手で払って叫んだ。

「茶屋は田町の編笠茶屋の四季音屋《しきねや》だ、銀造は三条高瀬の番頭の忠兵衛《ちゆうべえ》を名乗っておりました」

「妓楼はどこか」

「角町の十二軒の井筒楼《いづつろう》、女郎は桂《かつら》にございます」

十二軒とは角町の中の一角で、十二軒の妓楼がその左右を木戸で仕切られていた。

「仙右衛門らとご一緒してくだされ」

四郎兵衛が幹次郎を振り返った。そして仙右衛門に、

「銀造め、仕込み短筒を持ってやがる。気をつけよ」

と注意を与えた。

幹次郎らは雪の仲之町に押し出した。

桜の枝が雪を積もらせて撓《しな》っていた。

幹次郎の足駄の歯の間に雪がたちまち挟まった。幹次郎は雪を振り落としながら仲之町から角町に入っていった。

十二軒の井筒楼は、中見世ながらなかなかの見世構えをしていた。

仙右衛門が潜り戸をそっと叩くと、

「井筒楼さん」

と呼んだ。吉原には不寝番《ねずばん》の男衆がいた。だからすぐに潜り戸が開かれた。

「番方」

と驚く男衆に、

「桂の相手は京橋の三条高瀬の番頭忠兵衛だな」

「へえっ、それと大工の棟梁《とうりよう》が来合わせてましてね」

「理由《わけ》はあとで話す。忠兵衛の部屋にそっと案内してくんな」

仙右衛門は会所の若い衆に、

「井筒楼の周りを固めよ」

と命じると幹次郎にお願い申しますと言った。

幹次郎は羽織と袖なしを脱いで上がり框の隅に置き、身軽になった。

「よし、参ろうか」

男衆の案内で大階段を上がった。

遣手が仙右衛門と幹次郎の険《けわ》しい顔を見てなにかを問いかけたが、仙右衛門が制した。

桂の部屋は大廊下の突き当たりを右に曲がったところにあった。

男衆が、

「桂さん、そろそろ刻限ですぜ」

と言いながら障子を引き開け、仙右衛門らに合図した。

屏風《びようぶ》の陰から女の鼾《いびき》が聞こえた。

仙右衛門と幹次郎は、屏風の左右から一気に雪崩れ込んだ。だが、有明行灯の灯りで見たものは若い遊女が熟睡する姿だ。

仙右衛門が桂を揺り起こし、ようやく目を開けた遊女に、

「客の忠兵衛さんはどこにおられる」

と訊いた。

「忠兵衛さん」

と寝ぼけ眼《まなこ》で問い返した桂は、

「それが変なんですよ。私が棟梁の部屋から戻ってみると客がいないじゃないか。厠にでも行ったかと床で待っているうちについ眠り込んでしまいました」

「おまえさんがこの部屋に戻ってきたのはいつのことだ」

「今、何刻です」

「八つ半過ぎだ」

「一刻も前かな」

「この一刻、客の姿を見てねえんだな」

「見てませんよ」

そこへ顔を出した井筒楼の若い衆が、

「おい、見てませんではすまないぜ」

と叱りつけた。

いくら客が重なったとはいえ、自分の客が姿を晦《くら》ましたのを知らずに寝込んでいたのだ。遊女としては失態である。主から叱責《しっせき》されることに気づいて、青い顔になった。

幹次郎と仙右衛門は顔を見交わした。

「若い衆、忠兵衛は偽《にせ》の名だ。羅生門河岸でうちの若い衆と女郎のお玉を刺し殺した百面の銀造という野郎だ。まだ楼内にいないともかぎらねえ。おれたちも手伝う、楼内を調べてくれまいか」

若い衆が頷き、桂が、

「ひえっ」

と小さな悲鳴を上げた。

井筒楼の女郎部屋を、遊女や客から小言を言われながらも一部屋ずつ調べる作業が続いた。だが、どこにも銀造の姿はなかった。とすると井筒楼から抜け出したとも考えられたが、その痕跡を降り積もる雪が消し去っていた。

四郎兵衛は足駄に傘を差して会所を出た。

いつもの朝の日課の見廻りだ。七つ半の刻限は客が後朝《きぬぎぬ》の別れの後、妓楼に迎えに来た男衆と茶屋へ引き返す刻限だ。

四郎兵衛はいつもとは違う雪の待合ノ辻から伏見町に入り、羅生門河岸をゆっくりと目指す。格別に決まった道筋があるわけではない。その朝の気分次第で半刻ほど歩く、すると頭がすっきりしてその日の仕事の手立てができ上がるのだ。

これを四郎兵衛は見廻りと称して何十年も務めていた。

(銀造め、なにを考えてやがる)

この朝、そのことだけを考えて雪の伏見町に二の字の跡を刻みながら前へと歩を進めた。

同じ刻限、幹次郎も、

（なにか大事なことを見落としている）

と井筒楼の階段下で考えていた。

二度にわたり、妓楼の二階じゅうを捜索した。

遣手が、

「絶対に私の目の前を通った者はいない」

と言い張ったせいだ。だが、銀造の姿はどこにもなく、忽然《こつぜん》と姿を消していた。

（大黒屋に潜り込んだか）

百面の銀造は大黒屋の手先として動いているのだ。大黒屋に隠れ潜むことは可能だろう。だが、わざわざ京橋の小間物屋の番頭忠兵衛と名乗って吉原に入り込んだ銀造がなんの仕事もせずに大黒屋に隠れ潜む意味があるだろうか。

幹次郎は井筒楼の表口から角町の通りに出た。

雪は相変わらず降り続いていた。
四、五寸（約十二〜十五センチ）も積もった雪道を茶屋の若《わか》い者《もの》に傘を差しかけられた客が帰っていく姿が見られた。足駄の歯が雪に潜って歩きづらそうだ。

客がふいに妓楼のほうを振り返った。

幹次郎に五七五の文句が浮かんだ。

後朝を　惜しんで降るや　遊里《さと》の雪

その瞬間、幹次郎は胸に慄然《りつぜん》とした考えが走り、雪道を会所に向かって走り出した。だが、足駄の歯に雪が詰まり、転びそうになった。

幹次郎は足駄を脱ぎ捨てると足袋跣で走った。

会所に飛び込むと、

「四郎兵衛様！」

と叫んだ。すると留守番の老爺《ろうや》が、

「七代目は見廻りだよ」

と答えた。

その言葉を途中まで聞いて、幹次郎はふたたび雪の仲之町へと走り戻った。

(四郎兵衛様、銀造の狙いは七代目のお命にございましたぞ)

幹次郎はそう胸の中で叫びながら、四郎兵衛の姿を求めて廓内を走り回った。

四郎兵衛は傘に降り積もった雪を振るい落とした。

仲之町のどん詰まり、水道尻とも天神《てんじん》河岸とも呼ばれ、火の見櫓が立って、秋葉常燈明があった。その下には火の番小屋があったが今朝は戸まで閉まっていた。

四郎兵衛は傘の雪を落としたついでに足駄の歯に挟まった雪を落とそうとした。

そのとき、火の見櫓の陰から、

ぬらり

と男が現われた。

盗人《ぬすっと》被りをした頭に白く雪が積もっていた。

四郎兵衛が雪を透かし見た。

「四郎兵衛、地獄へ行ってもらうぜ」

「おまえが百面の銀造かえ」

四郎兵衛は男が腰の煙草入れの煙管筒に手をかけたのを見ながら訊いた。

「ようできた。吉原会所の七代目なんてほざいてのさばっているのは今朝かぎりだ」

「跡目をおまえさんが継ぎそうな口ぶりだねえ」

「吉原会所の頭を務めるのも悪くねえな」

銀造がそう言うと黒漆塗りの煙管筒の蓋を払い取った。すると銃身が現われ、火縄に火がついており、引き金を引くと火縄が落ちる火皿が側面に見えた。

黒色火薬を銃口から詰め、鉛玉を一発だけ入れて、棒で銃底までよく押し込んだだけの単純な仕掛けだ。

短筒は脇差の拵えに収められた脇差短筒が多いが、銀造はそれを煙管短筒というべき拵えに改造していた。

その銃口を四郎兵衛の胸にぴたりと向けた。

四郎兵衛と銀造との間合は二間半とない。

煙管短筒の名人の銀造なら絶対に外さない間合だ。

「大黒屋正六に会所頭取八代目という餌を投げられたか」

にやり

と笑った銀造の視界の端に浄念河岸の方角から猛然と走り寄る影が映った。

足袋跣で四郎兵衛の行方を探す神守幹次郎だ。

「銀造、許さぬ！」

幹次郎の声に銀造は、四郎兵衛から幹次郎へと視線を一瞬さ迷わせた。

その瞬間、四郎兵衛が差していた傘を銀造との間に投げると横手に飛び転がった。

銀造が振り向きざまに引き金を引き、火縄を火皿に落とした。

ずどーん!

と雪の吉原に銃声が響き、煙管短筒から発射された弾丸が傘に大きな穴を開けて、仲之町へと飛んでいった。

「糞《くそ》っ!」

銀造が叫んで煙管短筒を走り寄る幹次郎に投げつけ、懐の匕首の柄に手をかけようとした。

その直後、投げられた煙管短筒を、顔を捻って避けた幹次郎が和泉守藤原兼定を抜き打った。

電撃の一閃《いっせん》は匕首を抜き出した銀造の右脇腹から匕首を握る手首、さらには胸部へと斜めに斬り上げていた。

幹次郎は斬った銀造の傍らを走り抜け、火の見櫓にぶつかる手前で止まって反転した。

銀造が幹次郎のほうを振り返った。

右手首がぶらりと垂れ下がり、二歩三歩と幹次郎のほうへとよろめいてきた銀造が、

「畜生」

と呟くと腰砕けに倒れ込んだ。

白い雪がたちまち鮮血に染まった。

「四郎兵衛様、お怪我は」

雪に転がったままの四郎兵衛が、

「助かった、神守様に命を救われましたよ」

と答えるとゆっくり立ち上がった。

「四郎兵衛様！」

仙右衛門たちが雪を蹴立てて、水道尻へと走り来るのが幹次郎の目に映った。

第四章　義太夫の小吉

一

吉原会所の奥座敷に五丁町の総名主、町名主七人が顔を揃えた。

江戸町一丁目駒宮楼六左衛門《こまみやろうろくざえもん》、江戸町二丁目信濃屋善五郎《しなのやぜんごろう》、角町の揚羽楼庄《あげはろうしょう》兵衛《べえ》、京町一丁目の三浦屋四郎左衛門《しろうざえもん》、京町二丁目の喜扇楼正右衛門《きせんろうしょうえもん》、揚屋町の常陸屋久六《ひたちやきゅうろく》、伏見町の北国屋新五郎《ほっこくやしんごろう》の七人だ。

七人は、吉原を代表する妓楼の主であると同時に吉原の自治と行政を司《つかさど》る旦那衆であった。

吉原会所の七代目から大黒屋との暗闘について聞かされた七人の顔は重く曇っていた。七人は新しく台頭《たいとう》してきた見番頭取大黒屋正六の所業を承知し、常々吉原の既得権を守るためにお上に働きかけ、奔走《ほんそう》してきた連中だ。

「なんと、四郎兵衛さんを殺そうと刺客を吉原に送り込んできたか」

総名主の三浦屋四郎左衛門が呻くように言った。

「むろん大黒屋と決まったわけではありませぬがな」

「これまでの経緯《いきさつ》が経緯、大黒屋の仕業と見てよかろう」

と決めつけた四郎左衛門が、

「大黒屋、参りますかな」

と四郎兵衛に視線を向けた。

「刻限を過ぎてますな」

四郎兵衛は番方の仙右衛門を呼ぶと様子を見に行かせた。

その日、大黒屋正六には四つ（午前十時）に会所に来られたしという呼び出し状が届けられていた。だが、呼び出しの刻限は過ぎても、姿を見せる気配はない。

四郎兵衛は、

「今しばらくご辛抱《しんぼう》のほどを」

と町名主たちに願った。

四半刻、半刻と時が流れ、常陸屋久六が、

「七代目、新参の見番頭取め、われらをないがしろにするにもほどがありますぞ」

と怒りを含んだ言葉を吐いたとき、

「遅うなりました」

と大黒屋正六が番方の仙右衛門に案内されて姿を見せた。

「これはお歴々《れきれき》、朝早くから何事にございますか」

大黒屋は遅刻など歯牙《しが》にもかけていない様子だ。

常陸屋久六が顔を朱に染めて怒鳴ろうとするのを制した四郎兵衛が、

「大黒屋さん、四つと刻限を念押ししたはずですがな」

と穏やかに遅刻の無作法を咎めた。

「出がけになにやかやと用事がございましてな」

と平然と答えた大黒屋正六は、

「本日の呼び出しの趣、できますれば手短にお聞かせ願えましょうかな」

四郎兵衛が頷き、総名主の三浦屋四郎左衛門を見た。

「大黒屋さん、近ごろ座敷で見番支配の女芸者が遊女衆を虚仮《こけ》にする出来事が頻《ひん》発《ぱつ》しておりましてな、頭取のそなたを呼びましたのじゃ。見番が安永八年にできましたのは、廓内芸者の風儀を正さんと自ら妓楼を閉じて、見番に専念なされるという、そなたの申し出を吉原が受けたのが始まりでしたな」

「総名主の仰《おお》せの通りにございますな」

正六は形ばかり頭を下げた。

「元妓楼の主の大黒屋さんに説明の必要もあるまいが、吉原は太夫を筆頭にした遊女三千人をその他の者どもが引き立てて、成り立つ遊里です。それを女芸者がのさばるようでは、序列と格式が乱れ、見栄と張りの世界が大きく崩れます」

「総名主、私も忙しい中、女芸者にも男芸者にも常々花魁衆を立てよ、敬《うやま》えと言い聞かせておるのですが、近ごろの若い者ときたらなかなか年寄りの言うことを聞きませせぬ」

「徹底できぬと申されるか」

「努力は致しましょう」

「大黒屋、ちと吉原を嘗めておられぬか！」

常陸屋久六の怒りがついに爆発した。

「おや、常陸屋さん、そう申されますがな、うちは不行き届きの代償に日本堤の修理代から鉄漿溝の下水浚いの代金まで払わされておりますぞ」

「不行き届きの代償に応分の負担を強《し》いているのではないわ。そもそも見番開設の条件として、そなた自らが申し出たことだ」

「さようでしたかな」

大黒屋正六は煙草入れから煙管を抜くと、雁首《がんくび》で煙草盆を引き寄せ、悠然と刻みを詰め、火をつけた。

常陸屋久六は憤怒《ふんぬ》にがたがたと震えていた。

「常陸屋さんの怒りももっともじゃな。そなたが見番を開設するに当たり、吉原と取り交わした書付、双方が保持しておる。それを見れば一目瞭然《いちもくりようぜん》じゃが、そなた、最初《はな》から約定を反故《ほご》にする気じゃな」

喜扇楼が詰問《きつもん》した。

「喜扇楼さん、安永年間に私が日本堤にどれほどの修繕費をかけたか、思い出していただこうか。反故にする気なら、その後の普請《ふしん》の入費《にゆうひ》は払いませぬ。だが、うちでは毎年毎年、日本堤の保全に莫大《ばくだい》な金をつぎ込んでおる。そなたらは私が汗水たらした日本堤を当たり前のように使い、のうのうと金儲けをしていなさる。ちょうどよい機会です。日本堤の大普請、三年に一回、いえ、五年に一回にしてもらいましょうかな」

大黒屋は満座の前で言い放った。

総名主の四郎左衛門らは唖然《あぜん》として絶句した。しばらく重い沈黙が続いた。

「かようなことを会所は黙って見過ごすつもりか」

ようやく口を開いた常陸屋が四郎兵衛に怒りの矛先《ほこさき》を向けた。

「いえ、常陸屋さん、吉原と見番が取り交わしたる約定はきっちりと守ってもらいます。のう、大黒屋さん」

正六がふーんと顔を横に向け、煙管を吸うと煙を悠然と鼻から吐き出した。

「大黒屋さん、そなたが胸の中に考えておられることはどうやら、見番と吉原が取り決めた約定をなしにすることだけではなさそうだ。なにをお考えか、腹蔵《ふくぞう》なくお聞かせいただこうか」

「ならば申しますかな」

四郎兵衛の問いに正六が応じた。

「先の吉原の閉門停止は、そなた方、吉原を主導する総名主、町名主、さらには吉原会所の見通しの甘さによるものに他ならぬ。先の将軍家治様が薨御《こうぎょ》なされ、江戸じゅうに歌舞音曲が禁じられたとはいえ、あれほど長期にわたっての商い停止は前代未聞のこと、偏《ひとえ》にそなた方の無能を表わしておる」

「言うたな、大黒屋」

常陸屋がふたたびいきり立った。

「まあ、常陸屋さん、この際だ。大黒屋さんの申されることを最後まで聞きましようかな」

四郎兵衛が不敵な笑みを浮かべて大黒屋に話すように促した。

「四郎兵衛さん、おまえさんの失敗《しくじり》も大きいぜ。失脚した田沼意次様に頼るばかりにあのような醜態を招いたのではないかね。時代は変わった。吉原もまた大きく変わらねばならぬ、人心を一新して出直さねばならぬ。元吉原からこの浅草田圃の新吉原に引っ越してきた明暦三年（一六五七）のようにな」

「大黒屋正六さん、そなたがわれらに取って代わろうと言われるか」

「時が来ればいずれそうなる」

大黒屋正六が正面切って吉原に宣戦布告をした。

「私は忙しいでな、これでいなさしてもらいますよ」

煙管を煙草盆に叩きつけて灰を捨てた大黒屋正六は煙草入れに煙管を戻して立ち上がった。

「大黒屋正六、見番の閉鎖を覚悟していなされ」

総名主の三浦屋四郎左衛門が告げた。

「四郎左衛門さん、もはや芸者抜きに吉原は立ち行かぬことが分からぬか。遊客が求めるものを商い停止にするというのなら、ふたたび吉原は大門を閉ざすことになる」

自信満々に言い切った大黒屋正六が足音荒く座敷から廊下へと出ていった。

その後、吉原会所では総名主、町名主、吉原会所の頭取らの話し合いが延々と続き、大黒屋正六が頭取の見番の扱いを巡って紛糾《ふんきゅう》した。

その結果、四郎兵衛は、早急に大黒屋の策動をやめさせて、吉原に正常な自治を復活させるという使命を与えられた。

その夕刻、水道尻の火の見櫓下、火の番小屋の小吉《こきち》爺は、首に拍子木をかけて暮れ六つの時鐘《ときのかね》が鳴るのを待った。

「鐘は上野《うえの》か浅草か」

夕闇に浅草寺で打ち出される時鐘が響いてきた。

小吉は拍子木を構えると乾いた音を立てて、

「暮れ六つにございます」

としわがれ声を張り上げた。

宝暦二年（一七五二）に吉原の火の番小屋に収まってからかれこれ三十四年も番太を務めていた。それ以前は売れっ子の義太夫語りだったが、人気をいいことに呑む打つ買うのし放題、喉を壊して引退の羽目に追い込まれた。

以来、長い歳月が過ぎて、小吉自身がなぜ吉原の番太になったか、忘れていた。ただ年寄りだけが小吉が義太夫語りだったことを覚えていて、

「義太夫の小吉」

と呼んだ。

老番太は拍子木を打ち終え、見番の番頭定九郎《じょうくろう》が前掛けをかけ、ちびた下駄履きで仲之町を待合ノ辻へと向かうのを何気なく見送った。

定九郎は大門を出て、五十間道の引手茶屋若草屋《わかくさや》を訪れようとしていた。

表向きの主は京者の萬屋松右衛門《よろづやまつえもん》という男だが、大黒屋が影の主と言われていた。

四半刻後、羽織を着た定九郎が若草屋の裏口に姿を見せると呼ばれていた駕籠に乗り込み、裏道伝いに日本堤に出ていった。

「手の込んだ細工を使いなさるぜ」

と苦笑いした仙右衛門と一文字笠の幹次郎が定九郎の乗った駕籠を尾行《びこう》していった。さらにその数丁後を空《から》駕籠が幹次郎らに従っていく。

浅草田圃から浅草寺の傍らを抜け、新寺町《しんてらまち》通りを下谷《したや》車坂《くるまざか》に出た駕籠は、下谷広小路《ひろこうじ》から御成街道《おなりかいどう》を伝って筋違《すじかい》御門へ、そこから鎌倉河岸《かまくらがし》の神田橋《かんだばし》御門前でようやく駕籠が停まった。

定九郎は駕籠を乗り捨てると徒歩《かち》で橋を渡った。そこから先は老中職を務める譜代大名家や御三卿の屋敷が連なる城中《じょうちゅう》と言ってよいところだ。鑑札《かんさつ》なき者が出入りできる場所ではない。

仙右衛門と幹次郎は、橋を渡る定九郎の向こうに聳《そび》える御三家の一橋家の甍《いらか》を見つめた。

「やっぱり一橋様の屋敷でしたな」

橋際に待つ駕籠に視線を移した仙右衛門が、

「あやつらをなんとかせねばなりますまい」

と思案を巡らした。

橋際に待たされた五十間道の駕籠勢の駕籠舁きふたりは、鎌倉河岸の老舗《しにせ》の酒問屋豊島屋《としまや》の灯りを見ていたが、欲望に負けたか、空駕籠を担いで店に向かった。

「一杯呑む気のようですねえ」

豊島屋は白酒《しろざけ》で名高い店であり、大きな田楽《でんがく》と美味《うま》い下《くだ》り酒を安く呑ませることで知られていた。

「一手打ちますか」

仙右衛門は幹次郎に言うと鎌倉河岸を通りかかった屋敷勤めの中間《ちゅうげん》に話しかけた。だが、次々とふたりに断られ、ようやく三人目で願いが叶った。

その中間は礼の一分金《いちぶきん》を仙右衛門から受け取ると豊島屋へと入っていった。

幹次郎らは鎌倉河岸の船着場から様子を観察することにした。するとしばらくして中間が出てきて手を振り、うまく首尾が成った合図を知らせてくると三河《みかわ》町新道《ちょうじんみち》へと姿を消した。さらに時が過ぎて、酒を一、二合呑んだ様子の駕籠舁きふたりが空駕籠を担いで、鎌倉河岸から吉原へと戻っていった。

「仙右衛門どのの策が見事に当たりましたな」

「駕籠勢の兄いたちにこちらの仕事を見せたくはございませんでな」

と笑った仙右衛門が竜閑橋《りゅうかんばし》に向かって手を振ると吉原から従ってきた空駕籠が神田橋際に移動して定九郎の戻るのを待ち受けた。

吉原に戻らされた駕籠勢と同じ法被《はっぴ》を着た駕籠舁きたちは、むろん吉原会所の面々だ。

定九郎が橋を渡って姿を見せたのは、五つ半の刻限だった。

「待たせましたな」

頬被りした駕籠舁きの顔を見ようともせずに駕籠に乗り込んだ。

駕籠は来た道を辿って吉原へと向かった。

酒を馳走になったらしい定九郎は、駕籠の中でうとうとと居眠りしている様子だ。

浅草寺の西側の道を吉原裏まで戻ってきた駕籠は、浅草田圃を横切る日本堤への道を取らず、本然寺《ほんねんじ》裏にある坂本村飛地《さかもとむらとびち》の雑木林に囲まれた、壊れかけた長屋門のある百姓家に入っていった。

会所がこの戦のために借り受けた隠れ家のひとつだ。

駕籠は開け放たれた戸口から土間に入れられ下ろされた。だが、定九郎は眠り込んで気がつかない。

土間を見下ろす囲炉裏端に吉原会所の主の四郎兵衛がひとり座していた。

粗朶《そだ》が燃えて自在鉤《じざいかぎ》にかけられた鉄瓶がちんちんと鳴いていた。

「定九郎さんや」

仙右衛門の声に駕籠の中で目を覚ました様子の定九郎が、

「着きましたかな、ご苦労さん」

と自ら簾《すだれ》を上げた。が、大門前に下ろされたはずの駕籠は見知らぬ百姓家の土間に投げ出されていた。

「ここはどこですねえ」

足袋跣のままに慌てて飛び出した定九郎がきょろきょろと見廻した。そして、囲炉裏端の人物に目を留めて、
ぎょっ
という不安の表情に変わった。

「吉原会所の頭取ではありませぬか」

「さよう、四郎兵衛にございますよ。定九郎さん」

「なんの真似にございますな」

「そなたの懐にある書状に用事がございましてな」

「無体《むたい》な、私は書状など持っておりませぬぞ」

思わず両手で懐に触った。

「四郎兵衛が当てもなくかような真似をすると思われますかな。一橋治済様の御

用人が大黒屋正六に宛てた返書にございますよ」

「な、なんと」

仙右衛門が呆然と立つ定九郎の傍らに立った。

「定九郎さん、おめえの主は吉原を敵に回して戦を仕掛けていなさる。これは冗談でも遊びでもねえ。われらも自衛の戦に立ち上がったのだ。痛い目に遭わねえうちに文を出しねえな」

低い声が土間に響いた。

「無法にもほどがある、面番所に訴えますぞ」

「定九郎、まだおめえの陥《おちい》った立場が分かってねえようだな。おめえは二度と大門を潜って見番に戻ることはねえんだぜ」

「こ、殺すと言いなさるか」

「保造の仇《あだ》もある。過日は四郎兵衛様を亡き者にしようとした経緯もある。考えないではねえ」

「そ、そんな、私はなにも知りませんよ」

「定九郎、命が惜しいなら吉原会所の命に素直に従うことだ。それしかおまえが生きる道はない」

定九郎は懐を押さえると戸口に向かって走り逃げようとした。

暗がりから姿を見せた会所の若い衆が行く手を無言で塞いだ。

「いつまでも鬼ごっこを続ける気はねえ」

仙右衛門が懐から匕首を抜いた。

「ひえっ」

と叫んだ定九郎ががたがたとその場にへたり込んだ。

仙右衛門の手が鼻先に突き出された。

定九郎が震える手で懐から書状を取り出した。

「番方、私の命はどうなる」

「四郎兵衛様がそなたの態度を見て決めなさろう。せいぜい慈悲《じひ》に縋《すが》ることだな」

書状が囲炉裏端の四郎兵衛に渡った。

封を切って読み始めた四郎兵衛の顔に思いがけない表情が浮かんだ。書状から視線を上げた四郎兵衛が、

「番方、そやつを納屋に連れていけ、とっくりと諸々《もろもろ》のことを体に訊くのだ」

「へえっ」

と畏まった仙右衛門と若い衆が動き、

「四郎兵衛様、命だけはお助けくだされ」

と泣き叫ぶ定九郎を納屋に連れていった。

囲炉裏端の四郎兵衛が土間の片隅にひっそりと立つ幹次郎に、

「こちらにおいでなされ」

と呼び上げた。

幹次郎が言葉に従い、囲炉裏端に上がると四郎兵衛は傍らの円座《えんざ》を指した。

四郎兵衛の傍らには徳利と茶碗がいくつか重ねられていた。

「無風流に呑むのもまた一興にございますでな」

茶碗ふたつに酒を注《つ》いだ四郎兵衛がひとつを幹次郎に差し出した。それを受け取った幹次郎が、

「なんぞ収穫がございましたか」

と訊いた。

「ございました。新将軍家斉様の後見は松平定信《さだのぶ》様に決まったようでな」

「松平定信様ですか」

定信は八代将軍吉宗の孫の血筋、歌人にして国学者《こくがくしゃ》の田安宗武《たやすむねたけ》の七男として江

戸に生まれ、その英明は幼きときから知られていた。

「先の将軍家治様の覚えめでたい若者にございましたが安永三年、十七歳の折り、陸奥《むつ》白河《しらかわ》藩主松平定邦《さだくに》様の養子に出されました。その背景には、定信様の英明を嫌った幕閣のだれぞの差し金があったと噂されたものにございますよ。こたび、反田沼の急先鋒一橋治済様方は、どうやら定信様に狙いをつけたらしい」

「吉原にはよきことにございますか」

「吉原は父上の田安宗武様と昵懇《じっこん》の間柄、若き日の定信様を知らぬわけではない。となれば策の打ちようもございます」

「四郎兵衛様、定九郎が書状とともに姿を消せば、大黒屋一統はどう考えますかな」

「もはや力と力のぶつかり合いにございます。大黒屋は書状を奪われたと知っても一橋様に報告などできまい。となればこちらは吉原の大掃除をすれば済むことにございますよ」

「吉原はだれのものか一橋治済様に分からせればよろしいと言われるので」

「さよう、定九郎が洗いざらい吐くまでには一晩くらいはかかりましょう。それから行動に移れば済むことです」

四郎兵衛は茶碗酒に口をつけた。

二

大黒屋正六は、日本堤から衣紋坂に曲がろうとして今戸橋の方角から戻ってきた駕籠勢の駕籠に出会った。顔見知りの先棒が、

「大黒屋の旦那、ちょうどいいや。番頭さんは戻りが遅くなるそうだぜ」

と言った。訝しく思いながら問い返した。

「どこぞに立ち寄りなされたか」

「いや、屋敷の御用が長引くとかでおれたちは先に空駕籠で帰されたのさ」

正六の眼がぎらりと光った。

「屋敷に引き止められたとおまえたちに知らせたのはだれだ」

「中間さんさ」

「中間だと。詳しく経緯を話しなされ」

「詳しくもなにもさ、番頭さんが屋敷の御用は半刻ほどかかると言い残されて神田橋の向こうに消えなされたからさ、おれっちはちょいと鎌倉河岸の豊島屋でひ

と休みしていたと思いなせえ。四半刻も過ぎたかねえ、お仕着せを着た中間が店に入ってきてよ、大黒屋の番頭定九郎様なれば、御用が長引くから先に帰っているようにと指示されたんだ」

「おい、たしかに一橋様の中間だったか」

「一橋様の中間かどうかだと、そんなことおれっちが知るわけもないや」

正六の背筋に冷たいものが走った。

定九郎は、正六の使いで一橋治済卿御用人に文を持たせ、必ず返書を持ち帰るように命じてあった。戻りの刻限がいくら遅くなるからといって、吉原で雇った駕籠を途中で戻すことはない。

第一、そのような伝言を中間風情にやらせるとは、一橋家の作法とも思えなかった。

(もしや……)

「旦那、わっしらはこれで」

と衣紋坂を下りかけた駕籠を引き止めた正六が、

「ちょいと駕籠を下谷通新町《とおりしんまち》まで飛ばしてくれ」

と言うとでっぷりとした体を素早く駕籠に乗り込ませた。

「あいよ」

駕籠が向きを変えて日本堤を走り出した。

番頭の定九郎が、

(もしや、吉原会所の手に落ちたとしたら)

という考えが正六の頭に渦巻いていた。

責められれば定九郎が知っていることを洗いざらい喋るのは目に見えていた。定九郎に大事なことはなにひとつとして教えてない。だが、正六の代理をしばしば務めてきたのが定九郎だ。それにもし書状が読まれてしまったら……。

狡猾《こうかつ》な四郎兵衛なら使いに出された屋敷などから大黒屋正六の後見がだれか気づくかもしれない。となれば、吉原会所は直ちに行動に移るはずだ。

駕籠が三ノ輪の辻に差しかかったとみえて、右に曲がった。

「旦那、通新町のどのへんだえ」

「真養寺《しんようじ》裏手へ入ってくれ」

「あいよ」

駕籠は千住宿《せんじゅしゅく》の通りを千住大橋へと向かって走っていた。

大黒屋正六は吉原会所に対抗するために剣術家やらやくざ者など腕利きを雇い

入れて、小塚原町の裏手に買い入れた名主屋敷に密かに住まわせていた。

正六は今もそこから戻ってきたばかりだ。

ここのことは定九郎も知っているので、吉原会所の連中が急襲するとしたらまずここだ。いくら腕利きが二十人近くいるとはいえ眠り込んだときに襲われたら、大きな犠牲を出すのはたしかだった。

「旦那、ほらよ、真養寺の塀に沿って曲がったぜ」

「そのまま小塚原縄手《なわて》へ進んでくれ」

山谷堀に架かる新鳥越橋から千住大橋に向かって一本の道が延びていた。小塚原縄手と呼ばれる道の途中には、品川宿の鈴ヶ森と並ぶ小塚原刑場があった。

大黒屋正六が雇い入れた剣客たちを住まわせる名主屋敷は、小塚原刑場を千住大橋に向かった真養寺裏塀と小塚原縄手に挟まれるようにあった。

駕籠がゆっくりとなった。

簾を手で上げた正六が、

「この先に冠木門が見える。その前で下ろしておくれ」

と命じて、

「旦那、着いたぜ」

と先棒が応じて駕籠が停まった。

「おまえたち、だれがなんと言おうと私の帰りを待つんだ」

へえっ、という駕籠舁きの返事も聞かず、正六は太った体を潜り戸から中へと入れた。

屋敷では囲炉裏端で酒を呑む浪人や座敷で花札に興じるやくざ者などが思い思いに時を過ごしていた。

この一統を率いるのが奥座敷で若衆姿の女剣術家の篠部美里《しのべみさと》と絡み合って愛欲の時を過ごす外他流《とだりゆう》の剣と槍の免許皆伝桑名勘兵衛内記《くわなかんべえないき》だ。

外他流は、剣術家鐘捲自斎《かねまきじさい》が外他自斎通家《みちいえ》という別名で興した剣と槍の流儀である。

四十歳になったばかりの桑名勘兵衛は剣術家として脂《あぶら》の乗り切った年齢を迎えていた。

だが、時代は天明期、もはや武術の腕を買ってくれる大名家などどこにもなかった。

三年前、諸国を放浪する武者修行ののち、江戸に辿り着いたときには、剣で飯が食える御世ははるか遠くに去っていた。

浅草橋場町《はしばちょう》の裏長屋にくすぶり、やくざの用心棒や道場破りをしながらなんとか糊口《ここう》を凌いでいた。

勘兵衛に運が向いたのは、十月前のことだ。

内藤新宿にやくざ同士の小競《こぜ》り合いに駆り出されて行った帰り道、麴町《こうじまち》で偶然にも新陰流《しんかげりゅう》望月光徳《もちづきこうとく》道場の看板に目を留めた。

小競り合いは仲裁が入って争いにならず、手間賃として一両が与えられただけだ。飲み食いに二分が差し引かれて懐には二分しか残ってない。

そのことが道場破りを決心させた。

師範代と立ち会い、ようようにして勝ちを拾ったように見せかけたあと、道場主の望月光徳を引き出し、電撃の面打ちで血へどを吐かせ、倒した。

豹変《ひょうへん》した勘兵衛に怯えた道場では五両の金を包んで、なんとか勘兵衛に立ち退《の》いてもらった。

勘兵衛が四谷御門から市ヶ谷御門へと堀端を急ぎ足で向かおうとしたとき、後ろから駆けてきた駕籠から声がかかった。

「桑名勘兵衛様、そなたの腕前、吉原の見番頭取大黒屋正六が買わせていただきます」

勘兵衛は足を止めて、
じろり
と駕籠の簾を上げた主を見た。

正六が駕籠から這いずり出すと駕籠舁きと供の者に先に行けと命じて、勘兵衛と向き合った。

「吉原の見番頭取とは妓楼の主か」

「その昔は妓楼の主でしたがな、そんなことはどうでもよろしい。先ほど見せた腕前をそなた様の言い値で買おうというのです」

「それがしの言い値とな」

「もし仕官の口と申されればご用意しましょう。町道場主になりたいと申されれば都合をつけましょう」

桑名勘兵衛の射竦めるような視線を平然と受けた正六が、

「そなた様にとって損な話ではありませぬ」

と歩き出した。

思わず桑名勘兵衛は正六に従っていた。

以来、大黒屋の用意した小塚原の名主屋敷に住み暮らし、腕の立つ剣客や鉄砲玉のようなやくざ者を集めて、その秋《とき》に備えてきた。

勘兵衛が六尺二寸（約百八十八センチ）、二十二貫（約八十一キロ）の体の下に組み敷く、女剣術家の篠部美里も小太刀《こだち》と手裏剣の腕を買われて、一統に組み入れられたひとりだ。

「勘兵衛どの、われらの出番はいつなのですか」

先ほどまで勘兵衛のところに大黒屋正六が訪ねていて、密談を交わしていたのだ。

細身の美里は勘兵衛に乱暴に抱きしだかれながら、弾む息の下で聞いた。

ふたりは今や夫婦同然の仲だった。

「出陣の時は近い」

と勘兵衛が答えたとき、

「勘兵衛どの、大黒屋どのが立ち戻りになられて火急《かきゅう》の用とか」

「なにっ、大黒屋どのがな」

襖《ふすま》が開けられ、陸奥《むつ》浪人の久保坂源吾が羨《うらや》ましそうに美里の裸を覗き見た。

わずか四半刻前に戻った大黒屋正六が姿を見せたとは異変が生じたか、勘兵衛は美里の細身の体から、

がばっ
と起き上がると脱ぎ捨てた衣服を着た。

囲炉裏端に行くと大黒屋正六が気難しい顔で考えごとをしていた。

「そなたら、座を外せ」

囲炉裏端にいた面々を奥へと追いやると、

「いかがなされたな」

「桑名先生、どうやらうちの番頭が吉原会所の手に落ちたようだ」

と掻い摘まんで正六は事情を告げた。

「しゃっ」

勘兵衛が驚きとも怒りともつかぬ言葉を吐いた。

これまでも吉原会所の手の者たちに、別行動の鰐淵左中と百面の銀造のふたりが倒されていた。

「定九郎がこの屋敷のことを話せば、吉原会所の面々は必ず押しかけてくる」

「ならば迎え撃つまで」

「待ちなされ。そなたらと会所が潰し合っても私らの企てには役に立たぬ。桑名先生は最後の砦《とりで》、出番は四郎兵衛の首を打ち取り、会所をこの大黒屋正六の支配下に置くときだ」

「大黒屋どの、われらにどうせよと申されますな」

「予定したよりもちと早《はよ》うございますが、桑名先生ら一統はこの屋敷を捨てて、吉原内に移り住んでもらいます」

「今晩にもかな」

「引け四つになるまで半刻はございます。女郎買いに来た振りでそれぞれがひとりずつ大門を潜り、密かに集結する」

「してその場所は」

「角町の小見世辰巳楼《たつみろう》に上がってくだされ。あとはこちらが指図します」

小見世ならば茶屋を通すこともなく、引け四つ間際に遊女の体を買わんと駆けつける客がいた。

正六はその大門が閉じられる引け四つの騒ぎに乗じようとしていた。

「ならば直ちに出陣いたす」

桑名勘兵衛が大声で一統の集結を命じ、手短に用件を告げた。

「なにっ！　これから吉原だって、しめた」

若いやくざ者の三五郎《さんごろう》が喜色《きしょく》満面で声を上げた。

勘兵衛がするすると近づくと頬桁《ほおげた》を張り飛ばして板の間に転がした。

「な、なにをしやがる」

「三五郎、遊びに吉原に潜り込むと思うなれば、ただ今即刻、そなたの素《そ》っ首《くび》を叩き落とす。美里、刀を持て」

勘兵衛の怒声を浴びた三五郎が身を震わし、

「桑名様、許してくんな。おりゃ、ただ冗談を言っただけだ」

「吉原会所との死戦を制するまで冗談は今後許されぬ。三五郎、言葉を慎《つつし》め。命を縮めることになる」

しゅんとなった三五郎をふたたびじろりと一瞥《いちべつ》した勘兵衛が、

「出陣いたす」

と厳命した。

「桑名様、吉原に駕籠の乗り入れと槍の持ち込みは禁物だ。自慢の槍は五十間道の茶屋の若草屋に預けてくださいましな」

「正六どの、承知した」

一同が直ぐに動き出した。

囲炉裏端に残ったのは勘兵衛と美里と正六だ。

「勘兵衛どの、女は吉原に入れるものか」

女剣術家が訊いた。

「篠部様、いつもの小姓姿に急いで戻りなされ。さすればこの正六が介添えして大門を潜らせてみせます」

その問いに正六が応じた。

「相分かった」

四半刻後、小塚原の名主屋敷から人影が消えていた。


引け四つ前、大門が閉じられる直前にいつもと同じように遊客が駆けつけて、大門前はちょっとした混雑になっていた。

寒風の吹く待合ノ辻には、引手茶屋の軒に連なる提灯の灯りが差しかけられ、茶屋の花色暖簾を赤く染めていた。

だが、引け四つに駆けつける客の大半はいきなり妓楼に向かう連中だ。

引手茶屋の筆頭の七軒茶屋でも男衆が提灯の灯りを落とすことを考え始めていた。

火の見櫓下の番小屋の小吉は、大門の待合ノ辻で引け四つの時鐘に合わせて打とうと首に下げた拍子木を構えた。

これが何十年と続いた小吉の習わしのひとつだった。

浅草寺から打ち出された九つの時鐘に合わせて、拍子木を打ち鳴らし、

「四つ、引け四つにございます！」

と仲之町に声を張り上げた。

大門が閉じられる前に駆け込む遊客で大門界隈が混み合った。

小吉は拍子木を首にかけようと大門前の光景に背中を向けた瞬間、
どーん
と背中を突き飛ばされて転んだ。

「なにをなさるんで」

と地べたに転んだ小吉が振り向くと、見番頭取の大黒屋正六の大顔が小吉を睨み、

「爺い、ぼうっとしているんじゃないぞ！」

と怒鳴ると傍らに立つ小姓姿の若衆に目顔《めがお》で合図を送り、仲之町を奥へと歩いていった。

小吉は絡《から》げた綿入れの着物の裾の泥を払い、

（お小姓さんめ、どこぞの年増女郎の手練手管《てれんてくだ》に捉《つか》まったかえ。それにしても大黒屋の旦那と知り合いの様子だが……）

と訝しく思いながら立ち上がった。

引け四つの拍子木を合図に格子の中、張見世に残っていた遊女たちは、客が付かなかった不運を嘆きつつ力なく立ち上がる。

一方、二階座敷では宴の頃合を見計らった遣手の、

「おしげりなんし」

の挨拶で遊女と客が床入りをした。

そんな刻限、小塚原縄手の名主屋敷に番方の仙右衛門、神守幹次郎らが忍び寄っていた。

吉原見番の番頭定九郎は、一刻と持たずあることないことべらべらと喋り始めた。

助かりたい一心での自白だった。

その中で大黒屋正六が真養寺裏手の小塚原名主の屋敷を買い取り、外他流の達人の桑名勘兵衛に指揮された二十余人の剣客、やくざ者を住まわせているという

話に仙右衛門らは関心を持った。

大黒屋が刺客団を組織しているのなら、早々に急襲して潰しておく必要があった。定九郎の勾引《こういん》が大黒屋に知られた後では、どこかへ移動させられる恐れがあった。

仙右衛門は定九郎の責めを中断させると四郎兵衛に報告し、指図を仰いだ。

「相手は剣客、やくざを搗《つ》き混ぜて二十余人か」

四郎兵衛が神守幹次郎を振り返った。

「わが方は十人ほどの手勢にございますがどう考えなされますな」

「寝込みを襲えば二倍の陣容の差はなんとかなりましょう。それよりも時期を逃さぬことです」

「よし」

と四郎兵衛が肚《はら》を決め、

「仙右衛門、神守様の指揮で踏み込め。雇われ者は機先《きせん》を制せられると存外に脆《もろ》いものだ。うちも犠牲が出ようがな」

「畏まりました」

仙右衛門は定九郎の見張りにふたりを残して、会所の若い衆に戦仕度を命じた。

坂本村飛地の百姓家から吉原の裏手を回り込み、三ノ輪で山谷堀の対岸へと渡ると小塚原町、三ノ輪村、中村町《なかむらちょう》の入会地の田圃を抜けて小塚原の刑場の西側へと出る。

刑場の森に青くぼうっと燃えている灯りは、処刑されたが未だ成仏しきれぬ罪人の霊魂《れいこん》か。神守幹次郎を含めて十人は黙々と小塚原の名主屋敷を取り囲んだ。

「仙右衛門どの、ちと訝しい」

屋敷からは人の気配がしなかった。

「糞っ、定九郎め、その場逃れにでたらめを抜かしたか」

仙右衛門が吐き捨て、長屋門の潜り戸を押し開いた。

幹次郎も続いた。

十人が二手に分かれて長脇差や匕首を構えた。

表と裏の戸口に立った。

「行きますぜ」

裏戸組の仙右衛門が幹次郎に言いかけ、引き戸を開いた。

囲炉裏の温《ぬく》もりと酒の匂いが闇から漂ってきたが、人の気配はやはりしなかった。

「灯りを点《つ》けよ」

仙右衛門が若い衆に命じて、用意していた提灯に火が入れられた。すると囲炉裏端には大勢の人が先ほどまでいた気配が漂い残って、粗朶が白い煙を昇らせていた。

「畜生、隠れ家を変えやがったか」

仙右衛門の無念そうな声が土間に響いた。

三

その夜、幹次郎は会所に泊まり、翌朝、四郎兵衛に誘われて山口巴屋の風呂に入った。

「昨夜は一足違い、残念でしたな」

「さすがに大黒屋、機敏な動きにございました」

「おそらくは駕籠舁きらから空駕籠で戻されたと聞き、いぶかしんだ結果にございましょう。定九郎はわれらの手に落ちましたが、首尾は中途半端にございましたな」

「大黒屋は、一橋卿の御用人に昨夜のことを報告するでしょうか」

「今朝から大黒屋の周辺には見張りを立ててございます。正六か代理の者が動けば、ぴったりと張りつきます。しかし、私の勘では動きますまい」

「定九郎は桑名勘兵衛なる剣術家を頭分とする刺客団がどこへ移されたか、知りませぬかな」

「昨夜のうちに責めましたが知らぬそうです」

「持久戦ですか」

「互いにそうは余裕がございません。近々なんぞ起こりますぞ」

と答えた四郎兵衛が、

「松平定信様と父君の田安様には本日より働きかけを始めます。こちらもまた一橋治済卿と御三家をどう大黒屋から引き剝がすか、力勝負にございますよ。金もかかりましょう」

と苦く吐き捨てた四郎兵衛に、

「お供しますか」

と幹次郎が訊いた。

「いえ、今は吉原に神守様が残られることが大切かと存じます」

「ならばそう致します」

風呂から上がったふたりは玉藻が用意した朝餉の膳に向き合った。

幹次郎はふたたび吉原会所の留守番に戻った。

朝餉のあと、四郎兵衛は紋付羽織袴に着替えて、総名主の三浦屋四郎左衛門らと外出していった。

番方の仙右衛門らも小塚原の名主屋敷から消えた大黒屋の刺客団の隠れ家を探して飛び回っていた。出がけに四郎兵衛は、

「神守様の腕が欲しいときには使いを出しますから、長屋で体を休めていてください」

と言ってくれた。だが、幹次郎としては吉原が存亡の危機にあるとき、なにか仕事に関わっていたいというのが本音だった。

ともあれ会所を守るのは幹次郎くらいしか残っていない。

四つの刻限、汀女が着替えを持って顔を見せた。これから手習い塾に向かう途中だという。

「長屋に変わりはないか、姉様」

「私の方はのんびりさせてもらっておりますが、幹どのは大変な様子ですね」

「すでに番方は前哨戦《ぜんしょうせん》に突入してます。それがし独りが退屈の虫をかみ殺しながら会所にじっとしているだけです」

「幹どの、かようなときほど花鳥風月に思いを馳《は》せて、五七五なりと創りなされ。武人の余裕ですよ」

「姉様、さて詠もうと考えると一句も浮かばぬでな。ふわっと頭に浮かぶだけの話じゃ」

「句作はそれが一番。幹どののように早々に浮かぶとはかぎらぬ。そこでついつい言葉を無理にひねくり回して形ばかり整えてみても、理屈の勝った句ができまする」

汀女が会所を出ていった。

会所の老爺が幹次郎にお茶を運んできたのは、四つ半の刻限か。

「神守の旦那、退屈なれば廓内見廻りでも行ってきなされ」

「そうだな、そうするか」

茶を喫し終えた幹次郎は、着流しの腰に先祖が戦場から奪ってきた二尺七寸の豪剣と無銘の脇差を落とし差しにし、一文字笠を手にして立ち上がった。

そのとき、訪問者があった。

吉原会所の前にある面番所に詰めている、町奉行所隠密廻り同心の村崎季光だ。

「ご苦労に存じます」

幹次郎が頭を下げると、

「そなた、ひとりか」

と会所を見廻した。

「あいにくと四郎兵衛様をはじめ若い衆も出払っております」

「ふーん」

と鼻で応えた村崎が、

「近ごろ、吉原の内外が慌ただしいな。四郎兵衛に派手に動くと困ったことになるぞと伝えておけ」

「畏まりました」

と幹次郎がまた頭を下げた。

吉原は町奉行支配下にある、官許のただひとつの遊里だ。

村崎季光ら隠密廻り同心たちが面番所に詰めている所以《ゆえん》である。だが、実際の自治や警備は吉原会所に任せ、形式ばかりの面番所でもあった。

それは長年、吉原が面番所の同心らの食事から出勤の送り迎えに始まり、紋日には金子を、と懐柔《かいじゅう》した結果であった。とはいえ、吉原の上に立って監督する役所が町奉行所であることに変わりはない。

戸口に向かいかけた村崎が幹次郎に半身を捻って顔を向け、

「おぬし、近ごろ吉原裏同心を名乗っておるようだが、僭越《せんえつ》に過ぎる。吉原にはわれら面番所同心しかおらぬ。そのことを肝《きも》に銘《めい》じておけ」

と言い放った。

「はっ」

幹次郎が腰を折って頭を下げると村崎はようやく会所を出ていった。

「旦那、塩を撒きますか」

老爺が小さな声で言い、幹次郎が苦笑いした。

気を取り直した幹次郎は会所の裏口から薄暗い路地を使って江戸町一丁目に出た。

村崎季光が面番所の表同心なら、神守幹次郎は吉原会所に密かに雇われた裏同心、村崎の注意を受けずとも白昼に名乗りを上げられる身分ではなかった。

幹次郎は讃岐楼と和泉楼の路地の出口で手にしていた一文字笠を被った。

足が自然と吉原の表通りの仲之町ではなく、奥へと向いた。

江戸町一丁目の妓楼では、花屋が水仙《すいせん》や梅の蕾《つぼみ》のついた枝を運び込んでいた。

辺りに春の香がふんわりと漂う。

二階から素顔の女郎がその光景を物憂《ものう》く見下ろしていた。

季節は極月《ごくげつ》を迎えて、張見世を、座敷を飾る花に苦労する時期だ。

水仙の　香嗅ぐ遊女《おんな》や　遊里《さと》の昼

「相も変わらずそのままじゃな」

背中に荷をかたかたと鳴らしながら小間物屋が得意先の妓楼に足早に向かう。

禿が花魁の使いか、仲之町へと下駄を鳴らして走っていく。

吉原は夜の光景とは違う顔を見せていた。

七十間（約百二十七メートル）も歩くと西河岸、あるいは浄念河岸と呼ばれる界隈に出た。

幹次郎は長身を花の香から食べ物と汚水と塵芥《ちりあくた》の臭いの漂う路地へと入れた。

「おや、もう客が入る刻限かえ」

という声が漏れた。

「客ではござらぬ。会所の者にござる」

「なんだい、汀女先生の亭主どのか」

間口一間の切見世から顔を突き出した女が言うと、

「四郎兵衛様の代役か」

「代役は務まらぬが四郎兵衛様が多忙でな、それがしが真似事をしておる。なんぞ御用はあるかな」

「御用か。客を二、三人手捕りにしてきておくれな」

「そればかりはそなたらの腕じゃぞ」

幹次郎もだいぶ吉原の暮らしに馴れてきて、女郎衆と問答が交わせるようになっていた。

幹次郎はお針のお辰の殺されていた開運稲荷の前から木戸を出て、京町一丁目に入っていった。すると駕籠が通りの中ほどに停まっていた。

大門前の高札には、

「医師之外何者によらず乗物一切無用たるべし」

という触れが掲げられていた。となると医師が病に倒れた遊女の診察に来ているのだろう。

幹次郎は水道尻の火の見櫓の下に出た。すると番太の小吉爺が七輪《しちりん》に行平《ゆきひら》をかけて粥《かゆ》を作っていた。

「腹でも壊されたか」

目やにの顔を上げた小吉が、

「歯抜けには粥が一番なのさ。会所のお侍、四郎兵衛様の顔が見えねえな」

「四郎兵衛様は忙しくてな、それがしが真似事をしておる」

義太夫の小吉は吉原で流れる噂を思い出していた。

吉原を牛耳る総名主や吉原会所に、見番頭取の大黒屋正六が取って代わるという風聞だ。

(あの傲慢《ごうまん》野郎が吉原の頭分になるとしたら、世も末だぜ)

どうやら四郎兵衛様が忙しいのはそのせいだろうと小吉は自らを納得させた。

「風邪を引かぬようになされ」

会所の侍が水道尻を離れた。

「おまえ様もな」

と言いながら、

（昨夜、おれを突き飛ばした大黒屋め、女小姓をどこに連れ込んだのだろうか）

と考えた。


吉原会所の我慢の時は続いた。

仙右衛門が会所に戻ってきたのは、昼見世が始まる刻限だ。疲れ切った顔が探索の徒労《とろう》を物語っていた。

幹次郎は茶を淹れて出した。

「神守様にこのようなことをさせて申し訳ねえ」

と言いながらも美味しそうに喫した。

「改めて廓内を調べ直しますとねえ、さすがに大籬はございませんが、中見世、小見世を合わせて二十数軒が大黒屋の支配下に入っておりますんで」

「見世の株を買い取ったというわけでございますか」

「大黒屋に名義が変えられればすぐにも気づくことです。だが、名義はそのままに商いを続けておりましてな、迂闊《うかつ》でした」

妓楼の数はおよそ百五十余軒と言われた。そのうちの二十数軒がすでに大黒屋の手に落ちていた。

「二十数軒から数はまだ増えましょう。だが、それは大した問題じゃない。頭《かしら》の大黒屋さえ潰せば、しゅんとなる連中です」

「番方、忘れておった。面番所同心村崎季光どのが見えられてな、近ごろ、吉原の内外が慌ただしい。あまり派手に動くと困ったことになるぞと四郎兵衛様に伝えてくれと忠告していかれました」

「なにを抜かしやがる」

仙右衛門が舌打ちして、

「村崎め、大黒屋から鼻薬《はなぐすり》をだいぶ嗅がされたと見える。神守様、相手は勢いのあるほうにつく口ですよ。最後の勝ち馬がだれか、そのとき、驚いたって遅いや」

と吐き捨てた。

暮れ六つ時分、幹次郎はふたたび火の見櫓下の番太の小吉爺と仲之町で行き会った。すでに通りには提灯に赤い火が入り、物憂くも清掻《すががき》の調べが流れていた。

「今日は縁がある日ですね」

と言いかける幹次郎に、

「旦那」

と小吉は幹次郎の袖を引っ張って揚屋町の間の路地に連れ込んだ。

「ちいとおかしな話がある」

「なんでございますな」

「昨晩の引け四つ時だ。大黒屋正六が若衆姿のお小姓をさ、廓内に連れ込んだのさ。よくよく考えてみるとねえ、あの小姓、女だぜ」

「昨晩の引け四つの刻限と申されたか」

「おおっ、大門が閉じられる直前で局女郎を買いに駆け込む騒ぎの最中だ」

「大黒屋正六どのに間違いござらぬか」

「おれを突き飛ばしていきやがった。間違いようもあるかえ」

「その小姓、女芸者になりたい者にござろうか」

「旦那、違うねえ。ありゃ、女の剣術遣いだ。物腰挙動に油断がねえや」

(なんということか)

「大黒屋どのは女剣士をどこへ連れていったのでござろうか」

「そこだ」

と小吉が応じると、

「見番かと思って先ほど覗いてみたがいる風はねえな」

「覗きに行かれたか」

頷いた小吉は、

「見番の裏口から米屋と酒屋がどっさりと米と酒を運び込んでいたがねえ、大黒屋では宴会でもやらかすつもりかねえ」

と呟いた。


幹次郎が会所に戻ると、四郎兵衛が外から戻ってきたばかりの様子で、番方の仙右衛門からその日の首尾の報告を受けていた。

ふたりの表情から探索が進んだ様子はみえない。

「神守様は私に代わって廓内見廻りに出られたそうで」

「代役にもなりませぬが、犬も歩けば棒に当たるでございます」

「なんぞ拾ってこられたか」

幹次郎は老番太の小吉から聞かされた話をふたりに伝えた。

「なんですって!　昨夜の引け四つの刻限に大黒屋が小姓に変装した女を廓内に連れ込んだですと」

「見番に米と酒が大量に買い込まれた事実を考え合わせると、小塚原の隠れ家を出た桑名勘兵衛一統は、遊客に紛れて吉原に入り込んだのではございますまいか」

「畜生！」

と仙右衛門が吐き捨てた。

「見番の建物じゃが、安永八年以前は、喜《き》の字《じ》屋の一乃瀬《いちのせ》だったな」

「廓内五軒の喜の字屋の中でも流行《はや》りの台屋《だいや》（仕出し屋）にございましたが、主の玉太郎《たまたろう》が博奕に入れ込んで潰しました」

台屋とは廓内の妓楼で供される料理を請け負う店のことだ。

吉原も初期は妓楼の台所が料理を作って出していた。が、喜右衛門《きえもん》方で料理を作るようになって、これが大いに美味しいと評判を呼び、台屋が廓内の宴席の料理を受け持つようになった。そこで台屋、仕出し屋のことを、

「喜の字屋」

と別称するようになっていた。

「一乃瀬を大黒屋正六が買い取って手を入れ、見番に造り替えたのであったな」

「一階を主の居室と板の間の稽古場にし、二階は女芸者どもの住まいにしていま

すよ。男芸者どもは廓外に住まわせております」

「いやさ、番方、私の記憶が間違いなければ一乃瀬時代、地下に米、味噌を保管する蔵を掘り下げていなかったか」

「ございました」

と叫んだ仙右衛門が、

「桑名勘兵衛らは見番の稽古場の地下に身を潜めておると言われますか」

「見番で宴会をやるわけではあるまい。女芸者どもが食べる米と言われれば納得もする。だが、酒はどういうことか」

「四郎兵衛様、見番の東側には小見世の辰巳楼がございますが、この見世はすでに大黒屋のものにございます。昨夜、引け四つ時分に辰巳楼に大勢の客が上がったかどうか調べます」

急に張り切った仙右衛門が座敷を出ていった。

「神守様、そなたのお陰でなんとか目処《めど》が立ちそうだ」

「四郎兵衛様、それがしの手柄ではありませぬ。火の見櫓下の小吉爺様の眼力《がんりき》がもたらしたものにございます」

「いえねえ、それを神守様に伝えようと小吉爺さんが考えたこと自体、神守様が吉原の一員と認められた証しにございますぞ」

と四郎兵衛が満足そうな笑みを浮かべ、

「小吉にはそのうち褒美を用意せねばなりませぬな」

と言った。

その笑みにつられて幹次郎が訊いた。

「松平定信様にお会いになったのでございますか」

「いえ、そうではありませぬ。だがな、定信様の父君、田安宗武様にお目にかかり、吉原の近況をご報告申し上げたところでございますよ。宗武様は、定信様が幕閣の一員になり、表舞台に立つことがあれば、よしなに話すと申されました」

「となると」

「さよう、吉原は獅子身中《しししんちゅう》の虫を退治する必要がございます」

四郎兵衛がきっぱりと言い切った。

四

火の見櫓下の老番太小吉は、頬被りして見番の表口に立った。首には長年馴染んだ拍子木が掛けられていた。

「もうしもうし」

と何度か声をかけた。

その昔、女たちを泣かせた義太夫の声からは想像もできないしわがれ声だ。見番は男芸者も女芸者も出払い、静かなものだった。だが、あと半刻もすれば仕事を終えた芸者たちが戻ってきて賑やかになる。

「もうしもうしと牛じゃあるめいし、表で叫ぶのはだれだえ」

と竹筒のように痩せた女が顔を出した。

大黒屋正六の女房のおせんだ。

「番太の爺さんが見番になんの用だ」

「旦那に渡してえもんがある」

「出してみな」

「旦那に直に渡してくれって代物《しろもの》だ、駄目だ」

小吉は頑固にも言い張った。

「わたしゃ、正六の女房だよ。いいじゃないか」

「番頭さんの命に関わるこった、駄目だ」

「なにっ、番頭の命だって！」

おせんが叫ぶと奥へ急いで姿を消したが、直ぐに見番頭取の大黒屋正六を連れて戻ってきた。

「定九郎の命に関わる話たあ、なんだ」

小吉は懐から煙草入れを出して正六にちらりと見せた。

「そ、それは定九郎のものだ。爺《じじい》、どこで手に入れたな」

正六が煙草入れを摑もうとした。

小吉がそいつを引っ込め、

「こりゃ、おれのもんだ」

と言った。

「爺、話せ」

「おら、先ほどよ、本然寺裏手の坂本村飛地の知り合いを用事で訪ねただ。その帰り、竹藪の中の蔵から、潜《ひそ》め声《こえ》でよ、助けてくれと呼ぶ声に出くわしただ。そんで竹藪を過《よ》ぎって蔵の窓下に寄ってみると、わたしゃ、吉原見番の番頭だ。この煙草入れをやるから中の文を大黒屋正六様直々《じきじき》に届けてくれと言うでねえか。びっくりしてよ、届けに来ただ」

田舎言葉丸出しにした小吉は煙草入れの蓋を開けると白い布切れを引き出した。

だが、小吉は生粋《きっすい》の江戸の育ちだった。

正六が長襦袢の袖と思《おぼ》しき白布を広げると、

「たすけてくだされ、正六さま
会所の手にとらわれて、ごうもんをうけてます。

もうたえられませぬ、いそいでくだされ、定九ろう」

と禍々《まがまが》しくも指に血をつけて書かれた文字が見えた。

「なんてこった！」

小吉は正六が読み通した気配に、

「おらはこれで」

と背を向けた。

「爺さん、本然寺裏の坂本村飛地だと、だれの蔵だ」

「そんなこと知るものけえ」

行きかけた小吉に正六が猫なで声で、

「爺さん、銭をやる。そこまで案内してくれ」

「おら、仕事がある」

と言い張る小吉に正六が二分金を突き出した。小吉がしばらく考えた末に手を出して摑もうとすると、

「案内料は、向こうに行ってからだ」

と叫び、

「おせん、桑名先生らを定九郎の救出に向かわせる。うちに残すのは女剣士を混ぜて五、六人でよかろうと言え」

「あいよ」

とおせんがふたたび奥へと姿を消した。

それから間もなく見番の裏口から剣術家ややくざ者が闇に紛れて姿を現わし、さも遊び終えたという感じでばらばらに大門へ向かっていった。そして、最後には深編笠を被って面体を隠した桑名勘兵衛内記が悠然と角町に現われ、仲之町へと歩を進めた。

その面々がふたたび集合したのは、浅草田圃の中にある浅草溜の門前だ。

万灯の灯りを点した吉原の空が赤く燃えているのに対して、浅草溜はひっそりと沈み込んでいた。

「揃ったか」

桑名一統の代貸格《だいがし》、心形刀流平賀軍平《しんぎょうとうりゅうひらがぐんぺい》が頭数を数え、二組に分けた。

黙然と一同の輪の外に立つ桑名勘兵衛内記の手には赤柄の槍が握られていた。

五十間道の茶屋若草屋から取り戻したものだ。

吉原にいながら、見番の稽古場下の地下蔵に閉じ込められるように暮らしていた面々が外に出されて、張り切っていた。

「よいな、抵抗する者があらば容赦なく叩き斬れ」

と命じた平賀が小吉に、

「案内しろ」

と促した。

「大黒屋の旦那はいねえが二分はどこでくれるだ」

「行った先だ」

「当てにならねえ、ここでくれ」

押し問答するふたりに桑名が、

「平賀、与えよ」

と命じた。

「逃げるなよ」

と言いながら平賀が小吉に二分金を渡した。

「ならば行くでな」

小吉を先頭に、浅草田圃を坂本村飛地に向かって一行が進んでいった。

「馬鹿どもが」

暗がりからその呟きが漏れた。

吉原会所の七代目四郎兵衛だ。

小吉から幹次郎を経て伝えられた情報に四郎兵衛は、吉原に潜入させた大黒屋正六の刺客団を廓外に誘い出すことを考えた。廓内での組織的な闘争はなんとしても避けたかったからだ。

そこで小吉爺にひと役買ってもらうことにした。

坂本村飛地に吉原会所が借り入れていた百姓家に向かって一団は粛々《しゆくしゆく》と進んでいった。

神守幹次郎はその刻限、囲炉裏端で独り座していた。

研ぎ師が豊後行平と見立てた豪剣二尺七寸を腕に抱え、もう一剣、和泉守藤原兼定を腰に手挟んで、そのときを待ち受けていた。

大黒屋の陣容は吉原会所のほぼ倍だ。それに相手は剣術家が多い。となると幹次郎がひとりで何人も相手にする場面が出てくるやも知れぬ。

戦いの最中、刃こぼれが生じては、とそのことを案じた幹次郎はいったん長屋に戻り、藤原兼定を持ち出したのだ。

汀女は兼定を幹次郎に差し出し、

「武運をお祈りしております」

とだけ言うと亭主を送り出した。

時が過ぎて、竹藪に囲まれた百姓家の長屋門を十数人の影が潜って入ってきた。

母屋《おもや》から灯りが漏れていた。

「蔵はよ、家の裏手だ」

と小吉が言うとすうっと闇の中に紛れ込んだ。

四郎兵衛からの命であった。

「平賀、二手に別れて同時に踏み込む。おれが母屋の者どもを始末するで、そなたらは蔵の定九郎を救い出せ」

と命じた桑名は、

「よいか、手間取るようなれば定九郎を殺せ。正六どのの命だ」

と一同に伝えた。

その言葉を聞いたのは長屋門の二階に移され、会所の若い衆の宮松に縄尻を取られて、口輪を嵌められた定九郎だ。

(なんてことを……)

定九郎の衝撃をよそに平賀軍平が応えた。

「畏まって候」

二手に別れた一団は、まず蔵を襲う平賀組が足音を忍ばせて裏手に走った。蔵の中に灯りが走って、戸の隙間から漏れていた。

「よし、行くぞ」

平賀軍平が剣を抜き、配下の浪人ややくざが得物を構えた。

匕首を口に咥《くわ》えたやくざのひとりが蔵の戸に手をかけて静かに引き開いた。するとするすると戸が開き、蔵の奥に灯りが小さく見えた。

(よし)

とばかりに一団が飛び込んでいった。

その瞬間、平賀軍平は頭上に油の焦《こ》げた臭いを嗅いだ。

(これはなんだ)

悪寒が背筋に走るのを感じた。

ざあっ

という音がして蔵の二階から熱せられた油が二方向から振り撒かれ、飛び込んだ平賀らの体に降りかかった。

(しまった、罠だ)

顔や背に油が降り注ぎ、

ぎえぇっ

という叫びが同時にあちらでもこちらでも起こった。

仙右衛門らが知恵を絞った、少数で多勢の敵を迎え撃つ策だった。

平賀は咄嗟《とっさ》に腕で顔を覆った。が、そんなことで防げるものではない。

「あ、あちちち」

外へと必死で転がり出た。配下の者で外に逃れ得たのは平賀の他にひとりだけだ。

蔵の中では仲間が転がり回って苦しんでいた。

一瞬にして二手に別れたうちの一組が戦闘不能に陥った。

平賀は必死で着ていた羽織を脱ぎ捨て、こけつまろびつ井戸端に走った。

外他流の達人桑名勘兵衛は、頃合を見計らって母屋の戸を開けさせた。

薄暗い土間の向こうの囲炉裏の火が格子戸の隙間から漏れてきた。

桑名は配下の一行には無言の行動を命じていた。

そろり
と自ら足を踏み入れた。なんとしてもこの戦に勝ちを納めて、御三卿の一橋家に仕官する。永の浪人暮らしの桑名にとって、

「宿願の秋《とき》」

が来たのだ。

赤柄の槍に手をかけ、鉤《かぎ》の手に曲がった土間を囲炉裏端へと歩を進めた。すると囲炉裏端に独りだけ片膝を立てて待ち受ける者がいた。

「おぬしは」

「吉原会所神守幹次郎にござる」

「謀《はか》られたか」

桑名勘兵衛の声はあくまで落ち着いていた。

そのとき、裏手から凄まじい悲鳴が湧き起こった。

配下の者の間に動揺が走った。

「慌てるでない。相手の術中に嵌る」

と勘兵衛が制した。

勘兵衛の背後で三人の剣術家と四人のやくざが剣や長脇差を構えた。

幹次郎の後ろの座敷に控えていた会所の長吉らが六尺棒や匕首を手に姿を見せた。まだ桑名の手勢のほうが多かった。

「そこもとは外他流の達人桑名勘兵衛どののじゃな」

「いかにも桑名じゃが」

桑名のことを漏らしたのは定九郎だ。

「そなたと一対一の勝負を願いたい」

幹次郎の挑戦にしばし考えた桑名が、

「よかろう」

と承諾した。

先ほどの悲鳴から、平賀軍平の組に異変が起こったのはたしかだ、配下の動揺は続いていた。

そんな中で全面対決するよりも、己の腕でこやつを倒せば、あとは雑魚だから有利になる。

桑名勘兵衛はそう判断したのだ。

神守幹次郎は腕に抱えていた無銘の長剣二尺七寸を抜き放つと囲炉裏端に鞘を置き、抜身を床に軽く突き刺して立てた。

乱闘になることを考えたのだ。

そうしておいて腰の左手をもう一剣の柄元にかけ、右手をだらりと垂らした。

和泉守藤原兼定のほうが立てた剣よりも刃渡りで三寸三分（約十センチ）短かった。

屋内の闘争には長剣より、少しでも短い剣がそれだけ自在に振り回せた。まず幹次郎は兼定を選んだ。

土間に立つ桑名勘兵衛は、迷うことなく穂先を含めて七尺（約二百十二センチ）余の槍を構えて、軽く扱《しご》いた。

穂先が煌《きらめ》いて伸びると、するすると手元に引き寄せられた。

流れるような動作に一瞬の隙もない。

勘兵衛は土間に幹次郎を引き寄せようと考えていた。

幹次郎は床上に勘兵衛を誘い込もうと考えている。

間合は未だ三間半（約六・四メートル）とある。

勘兵衛と幹次郎はほぼ背丈は同じだ。だが、幹次郎が床の上にいる分、見下ろすかたちを取っていた。

「おりゃおりゃ」

腹に響く気合いが勘兵衛の口から漏れて、するすると間合を詰めると穂先が伸びてきた。

あと一間（約一・八メートル）も踏み込めば槍の間合に入った。

だが、それには勘兵衛は床の手前まで接近せねばならなかった。さらに踏み込むには床上に上がる必要があった。

幹次郎は左手を兼定の柄元に添え、右手は相も変わらずだらりと下げて、不動の姿勢を保っていた。

勘兵衛が手元に手繰《たぐ》り寄せた赤柄の槍を、

すいっ

と突き出した。

その瞬間、幹次郎が、

するする

と後退した。

思わず勘兵衛が土間から床上へと飛び上がり、間合を詰めようとした。

さらに後退すると見せかけた幹次郎が大胆にも反対に穂先の前に踏み込んできた。

勘兵衛は体勢を整えながらも穂先を手元に呼び込んだ。次なる必殺の一撃のためだ。

だが、幹次郎の動きは俊敏を極めた。

手繰り寄せた槍の内懐に腰を沈めつつ入り込むと勘兵衛が突き出してきた穂先との間合を見ながら、

「眼志流浪返し」

に抜き上げた。

一旦海中へと沈み込んだ浪が、
ぐいっ
と盛り上がるように円弧を描いて白刃《しらは》が疾《はし》った。

勘兵衛は、

(胸板を貫いた)

と確信しながら穂先を伸ばした。

その瞬間、一条の光が迅速に槍の千段巻《せんだんまき》を下から斬り上げた。

「しゃっ！」

奇怪にも驚きの声を上げた勘兵衛は、穂先を失った槍の柄を投げ捨てると腰の剣を抜き上げた。

さすがに外他流の槍と剣の皆伝者だ。

そのとき、幹次郎の兼定は槍の穂先を斬り飛ばして虚空にあった。腰を据えて兼定を引き戻し、上段に構え直しつつ、腰を沈めた。

幹次郎はその場の真上が梁と梁の間で、剣を突き上げても支障がないことを、桑名勘兵衛らを待ち受ける間に何度も何度も剣を振るって確かめていた。

勘兵衛は抜き放った剣を脇構えにつけた。

梁に食い込むことを考えた末に剣術家の本能が下からの摺上《すりあ》げを選択させた。

両者の間合は一間を切っていた。

双方の次なる一撃がどちらか一方を制し、斃《たお》すことを承知していた。

「ええいっ！」

勘兵衛の気合いが響いた。

「ちぇーすと！」

薩摩示現流独特の声が百姓家を圧した。

ふたりは同時に踏み込みながら仕掛けた。

摺上げと振り下ろし。

刃が交差した。

いや、交差すると思えた一瞬前に上段から振り下ろされた迅速の剣が勘兵衛の伸び上がる脳天に吸い込まれ、
ぱあっ
と血飛沫を散らした。

「ううっ！」

勘兵衛の体が竦んで止まった。

一筋の血がゆっくりと額から眉間に流れて、

「む、無念なり」

という桑名勘兵衛の声が漏れた。

ぐらり
と体を揺らした勘兵衛は、それでもその場に踏みとどまった。だが、その直後、朽木《くちき》が倒れるように横倒しに床に倒れた。

「おのれ！」

桑名勘兵衛の配下たちが剣と長脇差を揃えた。

長吉たちも得物を構えた。

「お待ちなせえ。これ以上、無益な戦いは止《よ》しにすることだ」

いつの間にか土間に四郎兵衛の姿があった。傍らには番方の仙右衛門が従って匕首を構え、さらに呆然として百姓家の惨劇《さんげき》を見つめる小吉がいた。

「これ以上、逆らうと申されるのならば、吉原会所挙げての戦いに踏み込みますぞ」

凛とした四郎兵衛の声に相手方が怯《ひる》んだ。

「行きなされ。ただし、おめえさん方は一生吉原大門を潜ることを許しません」

剣を引いた剣術家ややくざ者が外へと後退《あとじさ》りして姿を消した。

「神守様、敵ながら桑名様は堂々とした戦いぶりにございましたな」

四郎兵衛の言葉に頷いた幹次郎は、すでに死出《しで》の道を辿り始めた桑名勘兵衛内記に視線をやった。

「ちょん！」

と小吉が拍子木を叩いて、その夜の戦が終わった。

第五章　汀女の覚悟

一

京町二丁目の裏手、見番の表口に、
どさり
という物音が響いて、大黒屋正六の女房、おせんが寒さに首を竦めながら外に出た。
二階からは女芸者たちの鼾がまだ響いてきて、眠りの中にあった。
だが、吉原の裏町の豆腐屋、八百屋、湯屋などはとっくに起きて、商いを始めていた。
(なんだい、この袋は)

朝の薄暗い光に照らされた土間に黒っぽい布袋が土間に転がっていた。

それに目を留めたおせんは、上がり框から下りた。すると生臭い血の臭いがかすかに鼻についた。それでもおせんは袋を摘まみ上げた。

袋は中のものが落ちないようにしっかりと端と端が結ばれていた。

「こりゃ羽織の片袖だねえ」

と呟きながら、振ってみると中で小判が触れる音がした。

「おまえさん、ちょいとおかしいよ」

おせんは奥座敷に走り込んだ。

長火鉢の前に呑み疲れた顔の正六が座っていた。

桑名勘兵衛から知らせがないかと徹夜して待っていたのだ。すでに朝帰りの客で大門口は込み合う刻限、

「番頭定九郎を救い出した」

あるいは、

「始末した」

との知らせが届いてよい頃合だった。

「なんだ、おせん」

「表の土間にこんなものが」

おせんが差し出す羽織の袖を見た正六の顔色が変わった。

「おい、桑名の旦那の羽織の袖じゃないか」

「まさか」

正六が結び目を解いて袖を振ると、印伝《いんでん》の財布に古びた唐桟《とうざん》の煙草入れ、それに髷が畳に転がり落ちた。

「ひやっ」

おせんが腰を抜かした。

「お、おまえさん、これはどうしたことで」

「糞っ!」

と吐き捨てた正六はしばらく考え、

「番太め、会所の手先だったんだよ。定九郎の文を餌に桑名の旦那たちを吉原の外に誘《おび》き出しやがった」

「く、桑名勘兵衛様はどうなった」

「どうなったもこうなったもあるけえ。命より大事な財布と武士の面子《メンツ》の髷が届けられたんだ。もうこの世の人ではあるめえ」

「なんてこった。だから、会所にゃあ、逆らうなと言ったんだよ」

「今頃、泣き言いうんじゃねえ」

正六は袖に桑名勘兵衛の遺品を包み込むと地下蔵へと向かった。

その日のうちに女剣客篠部美里ら、残った大黒屋派の刺客五人の姿が見番の地下蔵を出て吉原の外へと姿を消した。

これを境に血腥《ちなまぐさ》い戦いの時から一転して、吉原の内外には静かな師走の明け暮れが戻った。

極月十三日は煤払《すすはら》いと決まっていた。

この日、女郎たちは定紋《じょうもん》入りの手拭いを誂《あつら》えて男衆に配る習慣があった。また大掃除が済むと、どこの妓楼でも煤払いを指揮した主らを座敷で賑やかに胴上げする習わしで、女郎に恨まれている主や遣手は、

「あれ、手が滑りやんした」

との言い訳を聞きながら畳に叩きつけられる羽目になった。

簪の有るだけ書て出す暮の文《ふみ》

そろそろ遊女たちが、年末年始の無心やら、正月松の内に馴染客を呼び戻そうと、ありったけの手練手管をちりばめた誘い文を用意する季節だ。

そんなわけであちらこちらの妓楼で、遊女たちから文の書き方の指南《しなん》を乞われ、時には恋文の代筆もすることにもなり、汀女の身辺が忙しくなった。

その日の昼前、無紋の羽織袴を着た神守幹次郎と汀女は肩を並べて、五十間道を下った。

底冷えのする日だった。今にも雪が降ってきそうな曇天《どんてん》の雲が低く垂れ込めている。

「姉様、夜明けまで仕事をなされていたようだな。無理をするでないぞ」

「世の中、景気が悪うございます。女郎衆も必死にお馴染を誘われております、なんとか手伝いができぬかとつい」

汀女は遊女に乞われた文の代筆で夜を明かしたのだ。その仕事が幹次郎の腕の中の包みに入っていた。

「姉様からそれがし、かような文をもらった覚えがないぞ」

「幹どの、そなたと汀女はいつも一緒にございます。文は離れて暮らす男と女の心を通わせるか細い糸にございます」

「文に誘われて何百人の男たちがこの道を下るのか」

文という言葉に汀女が幹次郎の句作を思い出したか、

「幹どの、近頃詠まれましたか」

と訊いた。ふたりはこのところどちらかが忙しくてのんびりと話をする機会がなかったのだ。

「さて、詠んだかな」

と急転した日々を思い起こした幹次郎が、

「そうそう、『水仙の　香嗅ぐ遊女《おんな》や　遊里《さと》の昼』という拙《つたな》い句を詠んだくらいだ」

幹次郎は吉原の昼前の情景を汀女に説明した。

「おっ、よいよい。よい句ですよ」

といつものように褒めた汀女が口の中で何度か呟き、

「幹どの、余計なことを承知でな、直しますと、『水仙の　香嗅ぐ女《ひと》や　遊里の昼』ではいかがですか。文字に書いたとき、遊女と遊里が重なるのがわずらわしいように思いますでな」

「なになに、『水仙の　香嗅ぐ女や　遊里の昼』か。おおっ、このほうが落ち着くな」

と幹次郎が言いながら大門を潜った。

話に夢中のふたりは、引手茶屋若草屋の二階から密かに監視する女剣士篠部美里の憎しみに満ちた眼を見落としていた。

その眼には、夫同然であった桑名勘兵衛を殺された恨みが込められている。

大門を潜り、会所の前を通り過ぎたふたりは、江戸町一丁目で別れることになる。

「今日の手習い塾はどこじゃな」

「三浦屋さんですよ」

と応じた汀女が、

「そうそう薄墨太夫がな、幹どのが創られた『灯が消えし　北国《さと》の岸辺に　寒鴉』の句が秀逸《しゆういつ》と褒めておられましたよ」

「なにっ、太夫にそれがしの駄作を披露されたか。顔を合わせられぬな」

幹次郎は腕に抱えた包みを年上の女房に渡した。

汀女がほっほっほと笑い、幹次郎に見送られて仲之町を端然と歩いていった。

今や汀女が背筋をぴーんと伸ばして歩く姿は、

「花魁の外八文字《そとはちもんじ》の歩きもおつだがさ、汀女先生のつーんと澄ました歩きっぷりもなかなかのもんだねえ」

と吉原雀の口の端《は》にのぼり、名物になっていた。

幹次郎は讃岐楼と和泉楼の間の路地を守る老婆に挨拶して、路地に潜り込んだ。

この日、幹次郎は四郎兵衛の外出の供を命じられていた。

未だ吉原の新興勢力、大黒屋正六一派との暗闘は続いていた。一旦吉原に潜り込んで大黒屋に隠れ潜んでいた女剣士ら数人の行方が分からなくなっていた。となると吉原会所の七代目頭取の身が襲われぬともかぎらなかった。

「おはようございます」

会所に顔を出すと、番方の仙右衛門と宮松たちが話をしていた。

「約定までにはまだ半刻ほどありますな」

と仙右衛門が火鉢の傍らを指した。

幹次郎が和泉守藤原兼定を腰から抜いて、座敷に上がった。

「大晦日《おおみそか》も近うございます。なんとか年の内に決着をつけて、保造の弔いを出さねばと話し合っていたところです」

「仮葬では不憫《ふびん》じゃものな」

と応じた幹次郎に、

「神守様、今日の供にこいつを連れていってくださいな」

とひとりの若い衆を紹介した。

まだ十七、八歳と思える若者とは初対面だ。

「金次《きんじ》にございます。よろしくお引き回しください」

若者が幹次郎に頭を下げた。

「金次は保造の実弟でしてねえ。鳶職《とびしょく》でしたが、このたび、死んだ兄貴の跡を継ぐことになったのです」

「金次、保造どのにはえらく世話になった。その礼をせぬうちに死なせてしもうた。それがし、残念でならぬ」

「神守様が兄貴を殺した百面の銀造を始末なされたと番方から聞きました。有難うございました」

金次はしっかりと幹次郎の顔を正視して礼を述べ、頭を下げた。

「吉原会所ではそれがしも新参者だ、よろしくな」

そこへ四郎兵衛が姿を見せた。

「神守様が見えたと玉藻から聞きましてな、ちと早いが参りますか」

山口巴屋の女将は幹次郎と汀女が通り過ぎるのを見ていたと思える。

「ならばお供を」

幹次郎は会所の裏口から路地を抜けて江戸町一丁目に出た。これが会所の裏同心の通用路だ。さらに仲之町から会所の前を素通りして大門を出た。そこで四郎兵衛が出てくるのを待ち受けることにした。

その瞬間、ぞくりと冷たい視線を五体に感じた。

幹次郎は衣紋坂から三曲《みま》がりに曲がりくねる五十間道と、左右に立ち並ぶ茶屋をそれとなく見廻した。だが、昼見世に行く客や商人たちが往来する光景のどこにも怪しい影は感じられなかった。

だが、どこかから窺う眼があることはたしかだった。

「どうかなされましたかな」

四郎兵衛が幹次郎に訊いた。

「気の迷いかもしれませぬ」

「神守様にかぎってそのようなことはございますまい。まあ、出ないお化けを気にしても仕方ありませぬよ」

と平然と言い放った四郎兵衛が衣紋坂へと歩き出した。その左側に幹次郎が並びかけ、かなり重そうな荷を負った金次がふたりの後に従った。

「気忙《きぜわ》しい季節が巡ってきましたな」

「四郎兵衛様、そろそろ三ノ輪から餅搗《もちつ》きが姿を見せますな」

と左右の引手茶屋から番頭や女将が声をかけてきた。それに一々挨拶を返しながら見返り柳まで辿りついた。

三ノ輪から餅搗きとは、吉原ができたときからの習わしで、近くの三ノ輪、金杉村の男衆が、

「御代《みよ》は目出度《めでた》の若松《わかまつ》様よ」

と歌いながら餅搗きに来るのだった。

衣紋坂に差しかかったとき、

「四郎兵衛様、よいお日和《ひより》で」

と挨拶した者がいた。十二、三歳の娘をふたり伴った男は女衒《ぜげん》だ。

「どこぞに行かれておられたか」

「越後《えちご》まで遠出しておりましたよ。えらい飢饉で一揆《いっき》がいつ起こっても不思議じゃねえ按配で」

頷く四郎兵衛に腰を折って卑屈《ひくつ》な挨拶をした女衒が、

「この先がおまえたちの働き場所だぞ」

と娘に声をかけながら坂を下っていった。

「山谷の近江屋《おうみや》の女衒でしてねえ、遠くまで娘を求めて買いに参るので。ただ今はこんなご時世だ。見目麗《みめうるわ》しい娘は手に入れ易いが、なんともこの景気ではな」

と四郎兵衛が嘆息した。

江戸市中でも米屋や札差の打ちこわしが噂されていた。田沼意次が倒れた今、早急な収税の建て直しが幕府の課題であり、そして吉原の願いだった。

「四郎兵衛様、先に参って船の仕度を確かめておきます」

金次がそう言うと胸前で結んだ風呂敷包みを両手でしっかりと持って土手八丁を走っていった。

「保造の弟だそうでございますな」

「保造と金次は三ノ輪の梅林寺横町の叩き大工の倅でしてねえ。金次は上野の鳶に弟子入りしたんだが、兄貴が殺された後、身内や梅林寺の和尚《おしょう》と話し合って鳶から吉原会所勤めに変えたんです。まあ、会所勤めのほうが鳶よりも給金がようございます。金次には兄貴の跡を受け継ぎたいという思いもあるでしょうが、幼い弟妹のためにも金を稼がねばなりませんのでね」

とその経緯を幹次郎に説明した。

「番方も保造どのの弔いを今年のうちに出したいものだと話されておられました」

「神守様、今日はそのこともあって出てきたんですよ。陸奥白河藩主の松平定信様ご尊父《そんぷ》田安宗武様にお会い致します」

と訪問の趣を述べた。

明らかに吉原は田沼派から反田沼派の者たちへと乗り換え、接近を図っていたのだ。

今戸橋際の船宿ではすでに会所の屋根船が用意されていた。

半開きになっていた障子戸から四郎兵衛と幹次郎が乗り込み、金次が舳先に畏まり、船頭が棹を突いて、山谷堀から隅田川へと出た。

舳先が上流へと向けられた。

屋根船は北から吹きつける風に逆らって漕ぎ進んだ。

四郎兵衛は田安宗武との会談の段取りを考えてか、瞑想していた。

幹次郎は船がどこへ行くのかも知りはしない。ただ四郎兵衛に従い、務めを全《まっと》うするだけだ。それが汀女とのささやかな暮らしを守る手立てなのだ。

屋根船は隅田川が荒川《あらかわ》と呼び名を変え、大きく西へと流れを蛇行させる鐘ヶ淵へと入っていった。

鐘ヶ淵は新旧ふたつの綾瀬川《あやせがわ》が合流したのち、隅田川へと流れ込む岸辺にあった。

屋根船は関屋之里《せきやのさと》の岸辺の船着場に着けられた。こんもりした林の中に閑雅《かんが》な隠宅が見え隠れしていた。

幹次郎は船から岸に上がる四郎兵衛に従った。

門前まで警固する心づもりだ。

「田安様の別邸にございましてな、本日はこちらに勘定《かんじょう》奉行の久世丹後守広民《くぜたんごのかみひろたみ》様がお出でになります。ただもう一方が……」

と四郎兵衛が言葉を途中で呑み込んだ。が、気を取り直したように、

「われら、吉原は田沼様の時代、勘定奉行松本秀持《まつもとひでもち》様と昵懇《じっこん》の付き合いを致して参りました。だが、松本様も田沼様の失脚に伴い、逼塞《ひっそく》となりまして、われらは新たな擁護者を探し求めておるところにございます」

と説明した四郎兵衛が、

「神守様、今宵の談合のよし悪しで吉原の運命が決まります。われらが長き間、

水底《みなぞこ》に沈み込むか、あるいは浮上するか、決まろうかと思います。ちと長いことお待たせ致しますぞ」

「畏まりましてございます」

鄙《ひな》びた門前で幹次郎は四郎兵衛と金次を見送った。

屋根船に戻るとすぐに金次も帰ってきた。

背に負ってきた荷を降ろして軽やかだ。

そのとき、幹次郎は金次が運んできたものが、

「金子」

かと気づかされた。

日の具合から刻限は八つ半前後か。

幹次郎は乗ってきた会所の屋根船を船着場から離れた場所に移動させて舫わせた。

遠くで七つ(午後四時)の時鐘が鳴ったとき、相前後して二艘の屋根船が船着場に到着した。

幹次郎は、その屋根船の一艘目が、

「勘定奉行の久世広民」

であろうと推測した。

だが、もう一艘が分からない。

障子戸の隙間から窺うと旗本高家《こうけ》か大名家の留守居役《るすいやく》といった風体の武家が船着場に上がり、田安別邸へと姿を消した。

それから幹次郎たちはひたすら待ち続けた。

提灯の灯りが船着場に浮かんだのは、四つの刻限だ。

二艘の屋根船が相次いで船着場を離れて、しばらくあとに幹次郎は会所の船を元へと戻した。

二

吉原会所の屋根船が鐘ヶ淵から隅田川の流れへと出た。

四郎兵衛の顔は疲労困憊の極にあった。

(事がうまく運ばなかったか)

幹次郎がそう考えたとき、四郎兵衛が、

「神守様、われらにうっすらと光が差しましたようで」

と言った。

「首尾は上々吉にございましたか」

「すべて黄金色の力が世を制すとは考えとうない。われらの必死が通じた、と思いたい」

金次が背に担いでいた荷はやはり小判であったようだ。

「勘定奉行久世広民様、もうお一方はどなたでございますので」

幹次郎は遠慮がちに問うた。

「それですよ。思いがけなくも御三家の紀州の江戸留守居役三林《みつばやし》五郎左衛門《ごろうざえもん》様が顔を見せられました。これも偏に宗武様の心遣いと手配りの結果にございましてな」

反田沼派の急先鋒は御三卿の一橋治済だ。そして、それを後押ししたのが御三家であった。

その一角の紀州の留守居役が顔を見せたということは、反田沼派の一部が新興勢力の大黒屋派ではなく、本来の吉原主流派に乗り換えたということではないか。

「これも宗武様のご尽力があったればこそ、吉原はなんとか愁眉《しゅうび》を開きました」

ともう一度宗武の名を上げて、危難が遠のいたことを自らに言い聞かせるように呟いた。

「あとは獅《し》子《し》身中《しんちゅう》の虫を踏み潰すだけ、もはや手心は加えませぬ」

そう吐いた四郎兵衛は、

ふーう

と大きく息を吐き、瞑目した。

幹次郎は会所に四郎兵衛を無事送り届け、大門脇の通用口を出た。すると引け四つの拍子木が里の中から聞こえてきた。

客たちは束の間の夢を結ぶ刻限だ。

幹次郎は冷たい風が吹く五十間道を日本堤へと上がった。さすがに人の往来は絶えていた。

茶屋の裏手から犬の遠吠えが響く。

幹次郎はひたすらに冷え切った体を浅草田町の左兵衛長屋へと急がせた。

木戸口からわが長屋の光を確かめた。だが、その夜、長屋はどこも真っ暗で灯りなど見えなかった。

(不思議だな)

汀女は風邪でも引いてもう床に入ったか。

そんなことを考えながら幹次郎は、長屋の腰高障子に手をかけた。すると戸の隙間に挟まっていた白いものが土間に落ちた。

幹次郎は結び文を拾い上げ、

(残し文とはどういうことか)

と考えながらも体に恐怖が走るのを覚えた。

「姉様」

と呼びながら土間に入った。

汀女の気配に取って代わって、冷たい冷気が部屋を支配していた。ということは汀女が本日の手習いから戻っていないことを意味せぬか。

幹次郎は板の間に上がると行灯の下にいつも用意されている火打石を手にした。暗がりでようやく灯りを点したとき、幹次郎は、

「異変」

を覚悟した。

汀女の姿はどこにもなかった。

汀女の身になにかが起こったのだ。

行灯の灯りに結び文を開き、女文字に視線を落とした。

〈神守幹次郎へ　女房の体、確かに預かり候。

今後の事はまた知らせ候ゆえ、御首を洗って待ち受けられたし。

桑名勘兵衛内儀篠部美里〉

と読めた。

姉様が勾引《かどわか》された。

幹次郎の五体から力が抜けた。

（なんということが起こったか）

幹次郎は立ち上がると水瓶《みずがめ》に柄杓《ひしやく》を突っ込み、一気に冷たい水を飲んだ。

冷水が幹次郎の五体に憤怒を起こさせ、力を蘇らせた。

「おのれ、許せぬ！」

幹次郎は行灯の火を吹き消すと長屋を出て、今出てきたばかりの吉原に向かって走り出した。

吉原会所の見張り番は血相《けつそう》を変えた神守幹次郎の顔を見て、声を呑んだ。

「会所に通る、よろしいな！」

幹次郎の気迫に圧倒されて見張り番が道を開き、幹次郎は江戸町一丁目の路地から会所の裏口へと辿り着いた。

幹次郎は戸口の前で息を整え、戸を押し開けた。すると金次が板の間の火鉢の鉄瓶で酒の燗《かん》をつけようとしていた。

「神守様、なんぞお忘れ物で」

「まだ四郎兵衛様は起きておられるか」

「はい。番方と話をしておられます」

「座敷に通る」

幹次郎は廊下から奥座敷へと通った。

「四郎兵衛様、神守にございます。お目にかかりたき仕儀が出来《しゅったい》しました」

直ぐに障子が開かれた。

「まさか汀女先生が」

四郎兵衛がその言葉を発した。

「勾引されてございます」

「しまった！」

「迂闊でしたな」

仙右衛門と四郎兵衛の口から同時に驚きの声が上がった。

幹次郎は結び文を見せた。

一読した四郎兵衛がそれを仙右衛門に渡すと、煙管を無意識のうちに掴み、手の中でくるくると回しながら考え込んだ。

「七代目、大黒屋に憐憫などかける要もございますまい。ただ今から見番に乗り込むこと、お許しくだされ」

「番方とも思えぬ言葉よ。結び文は桑名勘兵衛内儀篠部美里なる名で発せられておる。おそらくは一旦吉原に小姓姿で潜り込んだ女剣士であろう。だがな、大黒屋が知らぬ存ぜぬと居直ってみよ、寝静まった吉原を騒がしただけの始末に終わるわ」

「ならばどうなさるおつもりで」

「まず汀女先生が何刻に大門を出なさったか調べよ。玉藻に訊けば、今日の手習い塾が何刻に終わったか、分かろう」

仙右衛門が直ぐに山口巴屋に向かった。

幹次郎も四郎兵衛も無言で仙右衛門の返事を待った。

時を置かずに仙右衛門が戻ってきた。

「汀女先生は、手習い塾が終わった後、山口巴屋の帳場で頼まれた文を何通も書き上げられ、夕餉を馳走になったあと、五つ（午後八時）の刻限に大門を出ておられます。玉藻様が大門口まで見送られたそうでございました」

「となるとすでに二刻（四時間）が過ぎたな」

よし、と自らに気合いを入れた風情の四郎兵衛が、

「篠部美里なる者の背後に大黒屋正六が控えておることはたしか。となれば、汀女先生が連れ込まれた場所は、大黒屋の息がかかったところに間違いあるまい。仙右衛門、今一度、見番番頭の定九郎に思い当たる節を問うてみよ。動くのはそれからだ」

と命じた。

「へえっ」

仙右衛門が立ち上がると若い衆を呼び集めた。

「四郎兵衛様、それがしも同行致します」

幹次郎に頷いた四郎兵衛が、

「汀女様の体、この四郎兵衛の身に代えてもお助け申しますぞ」

と悲痛な言葉を吐いた。

「御免」

幹次郎は奥座敷を出た。

すでに仕度を終えていた仙右衛門らとともに、眠りに就いた吉原に幹次郎も飛び出した。

大黒屋の番頭の定九郎は囚《とら》われの身になった当初、坂本村飛地本然寺裏手の百姓家の蔵にあった。が、桑名勘兵衛らを吉原内から誘い出した折り、一旦百姓家の長屋門の二階に移されて、ふたたび蔵に戻されていた。

百姓家の蔵の前では会所の若い衆ふたりが定九郎の見張りについていた。

「新三郎、宮松、変わりはないな」

突然姿を見せた番方に質された新三郎が、

「定九郎は眠ったようにございます」

「戸を開けよ」

蔵の扉ががらがらと開けられ、提灯の灯りから行灯に火が移し替えられた。

一階の奥の板の間に畳が二枚敷かれて夜具が敷きのべられていた。

定九郎は、深夜に訪れた仙右衛門らの血相に怯えた顔をした。

「定九郎、おめえの命が尽きるかどうかは返答次第だ。腹括《くく》って返事せえ」

と仙右衛門が沈んだ声で告げると、

「手習い塾の汀女先生が篠部美里なる女の手に落ちた」

定九郎の顔に喜色が走った。

「定九郎、勘違いしちゃあいけねえな。おめえの身柄と汀女先生の体を交換しようという話じゃねえ。おめえもあの夜、聞いたはずだ。正六は手に余るならば、おめえを始末しようと桑名勘兵衛らを送り込んできたんだぜ、おめえの主はそんな男よ」

定九郎はそのことを思い出してふたたび絶望の淵に突き落とされた。

「定九郎、篠部の背後には大黒屋がついている。となると汀女先生を連れ込んだ場所は正六が知恵を出したはずだ。吉原からそう遠くあるめえ。山谷堀を使うとしたら、大川端かもしれねえ。そんな隠れ家を大黒屋はどこぞに持ってねえか」

定九郎はその問いには答えず、

「番方、私の命はどうなる」

と問い返した。

「助かりたいか。助かりたいなら、答えることだ」

「助けてくれるのだな、約束だな」

「汀女先生が連れ込まれた場所をおめえが言い当てたら、命は助けよう。その上、おれが四郎兵衛様に願って、おめえが小商いができる程度の銭を用意してもらいもしよう」

「番方、待ってくれ。しばらく考えさせてくれ」

「駆け引きしようなんて考えないことだ。今晩の仙右衛門は気が立っている。いつ何時、匕首をぶすりとおめえの胸に刺し込むか知らないぜ」

「駆け引きじゃないよ。大黒屋とつながりのある場所を考えているところだ」

幹次郎は定九郎の狡猾《こうかつ》そうな顔を見ていた。

なにかを考えているのはたしかだが、仙右衛門の問いに素直に答えようとしているのかどうか、見当がつかなかった。

長い沈黙が流れた。

幹次郎が動こうとした、そのとき、

「会所の先生の長屋は浅草田町だな。となると手近なところでは土手八丁の編笠茶屋の佐阿徳《さあとく》」

「なにっ、田町の佐阿徳は大黒屋の息がかかった茶屋か」

「一年も前に旦那が買い取られ、女将さんの弟夫婦が主に納まっているのさ」

「他には」

「橋場の総泉寺《そうせんじ》領の北外れに瑞泉庵《ずいせんあん》と名づけられた離れがある。正六旦那はここをこれまで接待なんぞにしばしば使ってきた。総泉寺の坊主の口に小判を咥えさせれば、どうとでもなる隠れ家だ」

「よし、おめえの命が助かるかどうか、一刻後に分かろうというもんだ」

「番方、私は必死で考えて答えただけだ、駆け引きなんかしてない」

と叫ぶ定九郎の言葉をよそに仙右衛門と幹次郎は蔵の外に出た。

「神守様、二手に分かれましょう」

頷く幹次郎に、

「宮松、おまえはふたりばかり連れて、編笠茶屋の佐阿徳を当たれ。だが、踏み込んじゃならねえ。汀女様が囚われている気配があるかどうかだけを探るのだ」

「へえっ」

「おれと神守様はまず、総泉寺の離れを当たる。人がいるいないは直ぐにも分かろう。だれもいないとなれば佐阿徳に走り戻っておめえらと合流し、踏み込む」

「承知しました」

幹次郎は、仙右衛門らと坂本村飛地から浅草田圃に抜けて、浅草溜の前を通過し、佐阿徳のある浅草田町で宮松ら三人と分かれて、土手八丁に出た。

折りから吹きつける北風に乾いた雪がはらはらと混じって、幹次郎らの顔を打った。

材木場脇の橋で向こう岸に渡った幹次郎らは、浅草山谷町から寺町をほぼ北に走り抜けた。

おぼろ月が幹次郎らの走る姿を照らして、浅茅ヶ原《あさじがはら》と呼ばれる界隈に出た。

その昔、鬼女がこの地に家を構え、旅人を泊めては殺して懐中物を奪い取っていた。それを知った鬼女の娘が旅人に扮《ふん》して身代わりになろうとしたところ、観音様が哀《あわ》れんで娘を救ったという霊験譚《れいげんたん》がこの界隈には伝えられていた。

総泉寺を取り巻く浅茅ヶ原と鏡ヶ池《かがみがいけ》は、霊気が漂う地であった。

「あれが総泉寺ですぜ」

走りを緩めた仙右衛門がこの界隈では一段と広い寺領を持つ妙亀山総泉寺の塀を指した。

仙右衛門は長い塀に沿って大川端に向かって開いた山門前に回り込み、そこから広大な寺領の総泉寺に入り込んだ。

月明かりを頼りに瑞泉庵なる離れ屋を探すこと四半刻、ついに見つけた。だが、人がいる気配はなかった。

それでも仙右衛門は雨戸を外して、離れの屋内へと入り込んだ。凝《こ》りに凝った造りの離れは四部屋だけで、汀女が匿《かくま》われている様子は見えなかった。

「神守様、こちらではありませんでしたな」

仙右衛門らはふたたび山谷堀へと取って返した。

浅草田町の編笠茶屋佐阿徳は土手八丁に面して、外茶屋では中規模どころの見世構えだった。

仙右衛門らが茶屋佐阿徳の前に辿りついたとき、暗がりから宮松らが手招きした。

そこは佐阿徳とは浅草田圃に下る道を挟んだ向かいで、駕籠舁きや船頭を相手にする煮売《にうり》酒場だった。店仕舞いした後の葭簀《よしず》の陰に宮松たちはいた。

葭簀の陰の暗がりに会所の者ではない男がもうひとりいて、縁台に腰を下ろしていた。宮松が男に顎をしゃくると、

「番方、こいつはおれの幼友達でございましてねえ、浅草黒船町《くろふねちょう》の裏長屋で育った仲なんで。最前までこの弥五郎《やごろう》の奴が佐阿徳で男衆をしているなんて知りもしなかったんですよ。さっき、こいつが夜遊びから戻ってさ、茶屋の裏手からそっと忍び込もうとしているのを見たときは、驚きましたぜ」

弥五郎がぺこりと仙右衛門に頭を下げた。

「弥五郎さんに事情を話したか」

「へえっ、こいつなら間違いねえ男ですからね」

「汀女先生が連れ込まれた様子はあったか」

仙右衛門が宮松に訊いた。

「それがさ、弥五郎め、夕方前から外に出て、汀女先生が連れ込まれたかどうか知らないというので。どうしたものかと考えているところに番方たちが戻ってきたんでさ」

「よし。ならばこうしようか」

と仙右衛門が、

「弥五郎さん、おめえさんの悪いようにはしねえ。ここは吉原会所の手助けをしてくれまいか」

「へえ、宮松とは兄弟同然に育った仲だ。ようござんすよ」

「ならば、弥五郎さん、佐阿徳のどこぞに汀女先生が連れ込まれている様子があるかないか、調べてくれまいか」

「へえっ」

と即座に返答した弥五郎が動こうとすると宮松が、

「弥五郎、おれも行く」

と会所の半纏を脱ぎ捨てた。

幼馴染のふたりが編笠茶屋の裏口から姿を消した。

幹次郎は腰の藤原兼定を外すと、縁台に腰を下ろした。

(汀女が襲われたとしたら、吉原会所からの帰り道だろう)

大門を出たのが五つという。

土手八丁には吉原に通う客が往来していたはずだ。となると土手八丁から左兵衛長屋に下ろうとする路地の一角で襲われたことが考えられる。

その刻限から三刻半(七時間)が過ぎようとしていた。

(姉様、なにがあっても幹次郎が助け出すぞ)

苛立《いらだ》つ心を鎮めようとちらちらと白いものが降る夜空を見上げた。

おぼろに月に雲がかかり、星が乏《とぼ》しい明かりを投げかけていた。

極月に　妻の影追う　夜寒むかな

幹次郎はただ汀女の面影を追い続けていた。

三

四半刻もしたか。

宮松だけが月明かりの下に現われた。

「神守様、番方、どうも違うようだ。どこを探してもそんな様子はねえ。それに弥五郎が朋輩を起こして訊いても騒ぎなんぞはなかったという答えだ」

「定九郎め、おれたちを無駄に動かしやがったか」

仙右衛門が幹次郎を振り向いた。

「仙右衛門どの、大黒屋は、定九郎が承知してない場所に姉様を連れ込んだと考えるべきではないか」

しばらく考えていた仙右衛門が、

「その程度の頭は持っていましょうかねえ。となると……」

「それがしは長屋で篠部美里からの次なる文を待つ」

「ならばわっしらは会所に戻り、四郎兵衛様と対策を立て直します」

二手に分かれ、幹次郎は藤原兼定を手に左兵衛長屋へと戻った。

ちらついていた雪はやんでいた。

長屋には第二信が来ている様子はなかった。

幹次郎は火を熾《おこ》して火鉢に移し、夜明けを待つ態勢を整えた。あとはただ耐えて時が来るのを待つだけだ。

師走の夜がゆるゆると明けていった。

吉原会所でもまんじりともせぬ一夜が明けようとしていた。すると会所の表戸が叩かれ、若い衆の新三郎が戸を引き開けると、仕事場に向かうといった風情の大工が肩に道具箱を担いで立っていた。

その後ろには大門の番人が立って見ている。

新三郎は訪問者の職人を見た。

「ゆんべよ、こいつを拾ったんだがなんだか分からないままにさ、長屋に持ち帰ってそのまま寝ちまった。朝、行灯の灯りで確かめると会所の切手《きって》じゃあねえか。届けに来たぜ」

と懐から吉原会所の切手を出した。

「番方！」

それを一目見た新三郎の叫び声に座敷に待機していた仙右衛門らが表口に飛び出してきた。

「この切手よ、汀女先生のもんじゃないか」

切手とは吉原に出入りする女のために茶屋なり妓楼なりが与えた鑑札の木札だ。吉原というところ、男の出入りは容易だが、遊女の逃亡を警戒して女の出入りは厳しく監視されていた。だが、二万人に近い人々が暮らす遊里には、女髪結やら野菜売りやら遊女以外の女の出入りも多い。そんな女衆のために出されたのが吉原切手だ。

仙右衛門が新三郎の差し出す切手を引《ひ》っ手繰《たく》るように摑むと通し数字を確かめ、

「違いねえ。会所が汀女先生に与えた鑑札だ」

と言うと、

「おめえさんが拾いなすったか」

用事が終わったという顔の大工に訊いた。

「この兄いには言ったがよ、五つ時分かね、土手八丁から下る田町の坂道の暗がりでさ、おれの下駄先にこいつがぶつかったのさ。酒に酔っていたこともあってよ、懐にねじ込んで長屋に帰ってそのまま寝込んだ。そんでさ、朝に気づいたってわけだ」

「よく届けてくれなすった。おめえさんの名は。棟梁はだれだえ」

仙右衛門が礼を言うと矢継ぎ早に訊いた。

「おれは神吉《じんきち》でさ、棟梁は浅草元吉町の熊之助《くまのすけ》親方だけど」

「よし、熊之助親方のもとにはうちの若い衆を走らせる。おめえさんがこの切手を拾った場所まで連れていってくれまいか。人ひとりの命がかかった話だ」

神吉は両目を見開いて驚きの表情を見せ、しばらく黙っていたが、

「おりゃ、いいけどよ」

と承知した。

「金次、道具箱を持って熊之助親方の家に走りな。事情を述べて神吉さんがちょいと遅くなると許しを願うんだ」

「へえっ」

金次が大工から道具箱を受け取ると走り出した。その背に、

「親方の家は元吉町の稲荷社の前だぜ」

と神吉が叫んだ。

仙右衛門らは神吉を伴い、切手を拾ったという場所へ急行した。

それは土手八丁から左兵衛長屋のある木戸前へと下る坂道の途中で、茶屋が途切れ、薪炭屋《しんたんや》の蔵や納屋が並ぶ一画であった。

「この辺だぜ」

と神吉が指す場所の地面には、乱れた足跡がいくつか残っていた。

「他になにかないか探せ」

仙右衛門の命で長吉らが探したが、汀女の持ち物などは見つからなかった。

「神吉さん、おめえさんがこの切手を拾ったとき、近くに駕籠がいなかったか」

「駕籠か、酔っていたからな」

と言いながらもしばらく考えていた神吉が、

「兄い、おれが土手八丁へ曲がるとき、駕籠とすれ違ったぜ。むろん五つのことだ、土手八丁を吉原に向かう駕籠が何丁も通り過ぎていった。だがな、おれが覚えている駕籠は、今戸橋の方角に曲がったんで。それにやくざ者とよ、浪人も駕籠に従っていたかもしれねえな」

「それだ。おまえさんが通りかかる直前に汀女先生は襲われたんだ」

神吉はそれ以上のことは知らないと言った。

仙右衛門はなにがしかの金子を与えて神吉を解放し、長吉たちには土手八丁を今戸橋へと向かった駕籠の目撃者がいないかどうか探索を命じた。

手配りを済ませた仙右衛門は、ひとり左兵衛長屋に神守幹次郎を訪ねた。

「神守様、仙右衛門でございます」

幹次郎は障子戸を開けて土間に入ってきた番方を見た。

「次の文は」

「来ぬな」

仙右衛門は切手を見せると、大工の神吉が話した昨夜の出来事を告げた。

「姉様は、薪炭屋の蔵の前で襲われたか」

「地面には足跡が乱れて残っていましたが、血は一滴も落ちてない。それに汀女様は自ら切手を投げ捨てる余裕を持っておられたようにも思える。神守様、ここはじっと我慢のときですぜ」

仙右衛門が幹次郎を元気づけた。

「ともかく今、長吉たちが駕籠の行方を追っております。いい知らせがあれば直ぐに神守様に出張っていただくよう願いに参ります」

と言い残すと長屋から姿を消した。

幹次郎は鉄瓶の湯を茶碗に注ぐと熱い白湯《さゆ》を口に含んで冷まし、ゆっくりと喉に落とした。

昼前、山口巴屋の玉藻が顔を見せて、小女《こおんな》に担がせた握り飯や煮物など数々の食べ物を差し入れしてくれた。

「神守様、汀女先生のことです、どんな境遇に置かれようと端然としておられましょう。きっと吉報が舞い込みますゆえ、今しばらくご辛抱をというお父つぁんからの伝言にございます」

「玉藻様、四郎兵衛様によしなにお伝えくだされ」

玉藻と小女が去り、ふたたび幹次郎は耐えるだけの戦いに戻った。

篠部美里なる女剣士は神守幹次郎に焦《あせ》りをもたらそうとしていた。

泰然《たいぜん》と時を待つしかない。

長い一日になった。


今戸橋際の船宿牡丹屋の老船頭政吉《まさきち》は、客を柳橋《やなぎばし》に送って北風に抗《こう》しながら大川を上流へと漕ぎ上がっていた。

晩冬《ばんとう》の川面に夕暮れが訪れていた。

吾妻橋《あづまばし》を過ぎた辺りで川岸の家々に灯が入って、水面に橙色《だいだいいろ》の灯りを映していた。

猪牙舟の櫓に力を入れて六軒町河岸《ろつけんちようかし》をさらに漕ぎ進むと行く手に中洲が見えてきて、岸に寄って進むことになる。そのせいで風が弱まった。

仕舞い船か、竹屋の渡しから須崎村へと向かっていく。舳先の提灯が風に煽《あお》られているのが枯れた葦の間から見えた。

政吉は舳先を巡らし、山谷堀へと猪牙舟を入れた。

暗く沈んだ川の先に今戸橋の常夜灯が見えた。

船宿の牡丹屋は今戸橋を潜り半丁（約五十五メートル）ほど上がった左手だ。

政吉は空を見上げた。

雲もなく星が輝いていた。

水面に視線を戻すと暗い流れに白く長いものがふたつ浮いて流れてきた。

政吉は引き破られた巻紙だと気づいた。

舟の足を緩めて巻紙の傍らを過ぎながら思わず水面に手を差し伸べた。紙に文字が連ねられていたからだ。

ふたつの巻紙を拾い上げ、猪牙舟に吊るした灯りで見た。

〈恋しき信三郎《しんざぶろう》様御身許へ　師走の風が北国に吹きつけるというに信様には久し

く登楼の気配もなく、霧積《きりづみ》は懊悩《おうのう》の淵に沈みおり候。信様、いかに麹町のお店勤めとは申せ……〉

文字が濡れて滲《にじ》んでいた。

「ちえっ、女郎の誘い文かえ」

政吉は流れに戻そうとして訝しく思った。

（だれがこいつを山谷堀に落としたのか）

信三郎は麹町の奉公人のようだ。それなのに女郎の霧積が山谷堀に流すわけもない。

「あっ！」

と驚きの声を上げた政吉は、船宿が並ぶ界隈を水上から見渡した。そして、櫓に力を込め直すと舟足を速めて、山谷堀をひと息に漕ぎ上がった。

船宿の牡丹屋を過ぎ、土手八丁を一気に進んだ猪牙舟は、高札の立つ衣紋坂前の土手で泊めた。

拾った文と舫い綱を手に土手に飛び上がった政吉は、杭《くい》にくるくると綱を巻きつけ、土手を駆け上がり、衣紋坂から五十間道を下ると大門から吉原会所に飛び込んだ。

「なんだえ、牡丹屋の政吉父つぁんじゃねえか」

出迎えた長吉が顔見知りの老船頭に言った。

「四郎兵衛様はいなさるか！」

政吉の血相を見た長吉が、

「番方、四郎兵衛様！」

と奥に向かって呼ばわった。すぐに吉原会所の七代目の四郎兵衛と仙右衛門が姿を見せた。

「七代目、吉原の女先生の行方を探していなさったが見つかったか」

「まだだ、父つぁん」

仙右衛門が答えると政吉が手にしてきた文を差し出した。

「今戸橋の手前で引き破られた文が流れていたんだ。ざっと読むと女郎の霧積から麹町のお店者に宛てた誘いの文だ。おかしかないかえ、吉原から麹町に出された文が山谷堀を流れているなんてよ」

「政吉父つぁん、手柄だ！」

と四郎兵衛が叫び、仙右衛門が金次に、

「神守幹次郎様に知らせよ」

と命じた。

「政吉父つぁん、案内してくんな」

「猪牙を高札場の土手下につないであらあ」

仙右衛門を先頭に会所の面々が飛び出していった。


幹次郎が金次とともに今戸橋に駆けつけたとき、政吉の猪牙舟と会所の船が山谷堀の河口付近から今戸橋へとゆっくりと上がってきていた。

文がどの家から流されたのかを捜索しているのだ。

幹次郎と金次はその様子を橋の上から眺めていた。

舳先に点された提灯の灯りが川面を照らしていた。

幹次郎が視線を橋の真下に移したとき、眼下の黒い流れに白い花びらが一枚流れ出てきた。いや、木蓮《もくれん》の花びらほどの紙きれだ。それが二枚、三枚と現われ、五、六枚が固まって流れてきた。さらに十数枚が……。

幹次郎と金次は、今戸橋の上で、山谷堀の川上側の欄干に走った。すると、白い花びらはどこにもなかった。

「神守様、橋の真下から流れてます」

水上の船もすでにそのことに気づいていた。

幹次郎らは橋上から今戸橋際の土手に降りた。

会所の船が舳先を寄せて、幹次郎と金次が飛び乗った。

政吉の舟は、すでに紙の花びらが流れくる元を見つけていた。

左岸の橋脚すぐ脇の石垣の一角に、建物の下から斜めに幅半間ほどの溝《どぶ》が切り込んであって水が流れ込み、そこから湧き出るように白い花びらが一枚、二枚と姿を見せていた。

「船宿藤波《ふじなみ》からですぜ」

政吉が橋際の東側に建つ船宿を指した。

「藤波の主夫婦は汀女先生の勾引《かどわか》しに手を貸すような悪人じゃねえ。代替わりしたとは聞いてないが」

仙右衛門が呟くのに政吉船頭が、

「いや、主夫婦はそのままだが、だれぞに買い取られたって話を藤波の船頭から聞いた覚えがある」

「糞っ」

と仙右衛門が小さく吐き捨てた。

その間に幹次郎は、船宿藤波の造りを見ていた。

藤波は裏手が山谷堀に面しており、そこから直接に板階段で山谷堀の船着場に降りられるようになっていた。

橋際に接した母屋の地下部屋は、山谷堀の水上に張り出して造られ、その板壁が石垣の間から覗いていた。花びらが流れてくる溝はその部屋の下から山谷堀に通じていると思われた。

「仙右衛門どの、姉様はどうやら橋下に隠れるように張り出した部屋に囚われておるようだな」

透かし見た仙右衛門が、

「間違いございません」

と賛同した。

「神守様、表から踏み込みますか」

「番方、何人かで忍び寄って、姉様が囚われている部屋の板壁を一気に壊せぬか」

仙右衛門が思案していたが、

「四、五人もいれば、壁を打ち壊すことができるかもしれませぬな」

と頷くと長吉らに道具の用意を命じた。

廓内に火事が発生したときのため、吉原会所は独自の消防組織を保持していた。

だから、会所に走り戻れば、かけ矢も鳶口も用意されていた。

すぐに政吉の猪牙舟が山谷堀を駆け上った。


汀女は床板の隙間に破った文の片をまた一枚、差し込んで落とした。

囚われの身になって一日が過ぎようとしていた。

昨夜、吉原からの帰り道、土手八丁から左兵衛長屋の木戸口への道を下りかけると突然薪炭屋の蔵横の暗がりから駕籠が飛び出してきた。

灯火も点してない駕籠だ。

「これ、危ないではございませぬか」

と汀女が注意しかけると駕籠から、
ごろり
と汀女の足元に転がった者がいた。

驚いて立ち竦む汀女の眼前に転がった当人がふいに立ち上がった。

口に抜身の匕首を咥えていた。

汀女はその瞬間、危険を察知した。

懐剣の紐を解き、咄嗟に帯の間に挟んでいた吉原会所の切手を路傍に捨てた。

もし逃げえなかったときのことを考えたからだ。

「おのれ、無法者が。何の用があってのことか」

「女先生、会所に拾われたことを恨みな」

駕籠から転がり出たやくざ者が咥えた匕首を手に握り直すと突っ込んでくる気配を見せた。

汀女は懐剣を抜きながらも行く手を塞いだ駕籠を見て、数歩後退《あとじさ》って土手八丁へと逃げ戻ろうとした。

そのとき、背に殺気を感じた。

振り向く汀女の視界に若衆姿の女剣士が映り、その女が突き出した刀の鐺《こじり》が胸下に突っ込まれて、意識を失った。

気を取り戻したのは水音や櫓の音が遠くから響いてくる暗い部屋だった。

天井は低く、どこもが板壁で素手では破れそうにない。一箇所ある戸口も厚板の戸だ。そこには心張棒が外から支《か》われている上に戸口の外に見張りがいた。

どうやら船の道具やら綱を納めておく倉庫か納屋のようだ。

懐剣も筆記用具も奪い去られていた。が、遊女たちが書いた文の束や歳時記などを包んだ風呂敷は、板の間に転がされてあった。

長い夜が明け、朝の到来にうすぼんやりと部屋の模様が分かった。

六畳ほどの板の間の一部は、母屋から山谷堀に流れ出る溝の上に張り出されていることが床の隙間から分かった。

物音から察して遊客が通う土手八丁とは対岸のようだ。汀女にとって山谷堀はいつも往来し、対岸の景色も見知っていた。また、船が行き来する物音や人の声で、漠《ばく》とだが自分がいる場所が察せられた。

(幹どのとは昨日が今生《こんじょう》の別れとなるのか)

汀女はそのことを考えつつも、なにか助けを呼ぶ方法はないかと考えた。そして思いついたのが遊女衆の文を溝に流すことだ。

だが、昼間は見張りの眼があってなかなか実行できなかった。

師走の夕暮れが足早にやってきて幽閉の場が暗くなったとき、汀女は文を大きく破っては床板の隙間に苦労して差し込み、何枚か落とした。だが、それでは、はかがいかない。さらに小さく千切ることにして、隙間から落とし続けた。

暮れ六つの時鐘が浅草寺から響いてきた刻限、船宿藤波の表口に吉原会所の七代目四郎兵衛が独り立った。

「おや、これは四郎兵衛様」

藤波の女将の喜久《きく》が不安を押し隠すように言い、

「会所ともあれば手前どもの船を仕立てなさるとも思えませぬが、なんぞ御用でございますか」

と用件を訊いた。

「藤波さん、そなたのところはいつから吉原見番の大黒屋正六の配下に入られましたな」

「ひえっ！」

ふだんは温厚な頭取の慈眼《じげん》が、
じろり
と眼光鋭く変わって喜久を睨み、逃げ腰になった喜久は、

「お、おまえさん！」

と亭主の連太郎《れんたろう》を呼んだ。

「なんでえ、騒々《そうぞう》しいじゃねえか」

連太郎が顔を出して、一目で事情を察した。

「七代目、おれはなにも」

「言い訳はあとで聞く。こちらに吉原の手習い塾の汀女先生が囚われておるな」

顔を横に振ろうとしたが、四郎兵衛の鋭い視線に連太郎も喜久もたじろいで頷いた。

四郎兵衛が手を振ると、脇に控えていた仙右衛門らが船宿の中に飛び込んでいった。

四

二階の奥の間に潜んでいた篠部美里は、表口から伝わってきたただならぬ気配に吉原会所の手が入ったと直感した。

その瞬間に剣を下げて裏階段を一気に飛び降り、さらに台所の脇から地下蔵へと走った。

三人の仲間が続き、地下蔵の床に飛び降りた。

元々ここは藤波の船の用具を仕舞う蔵だった。

その隅に設けられた一室に神守汀女が幽閉されていたのだ。

寒さ避けのどてらを着た、戸口前にいる見張りの浩介《こうすけ》が訊いた。

「篠部様、どうされた」

「吉原会所に気づかれた。女を殺して逃げる」

美里はそう言うと浩介を押しのけて戸を押し開こうとした。

背後の階段から仙右衛門らが雪崩《なだ》れ込んできた。

美里と浩介が汀女のいる部屋に入り戸を閉め、残りの三人が仙右衛門らに立ち向かった。狭くて暗い地下蔵で戦いが始まった。

汀女は戸口の向こうから聞こえた美里の宣告に死を覚悟した。

(見苦しい姿だけは幹どのに見せたくない)

襟元を整え、正座した膝の下に着物の裾をしっかりと折り込んだ。そうしておいて、瞑目した。

戸が開かれ、戸口の行灯の光が幽閉の場に流れ込んだとき、汀女は目を開いて起ころうとすることを確かめるとふたたび両目を閉じた。

そのとき、汀女の背後の板壁が軋《きし》んだような気がした。

美里は死を覚悟した汀女の玲瓏《れいろう》な顔《かんばせ》に一瞬立ち竦んだ。

だが、気を取り直すと、

「恨みを残すなれば、吉原会所と亭主を恨みな」

と吐き捨て、得意の小太刀を抜いた。

戸口の向こうの戦いは美里の仲間たちが追い込まれているようで、

「篠部さん、早くやってくんな！」

と切迫した悲鳴が聞こえてきた。

「よし」

美里は汀女の首筋を刎ね斬ろうと接近した。

その瞬間、汀女の背の板壁が一気に引き剝がされて、夜の冷気が押し入ってきた。

美里が見ると会所の船が藤波の地下部屋が張り出している板壁に忍び寄っていて、鳶口や金テコを持った会所の若い衆の姿があった。中には外壁に綱を結わえて引き倒した様子の者もいた。

そんな中からひとつの影が飛び上がってきて、

「姉様、もはや心配ござらぬ！」

と叫ぶと端座《たんざ》する汀女と美里の間に入り込んだ。

「幹どのか」

汀女が押し殺した声で喜びを表わした。

「糞っ！」

美里は戸口から逃げ出そうと考えた。が、背後の味方は追い立てられ、斬り立てられていた。

もはや神守幹次郎を倒して山谷堀へと逃げるしか、生きる道は残っていなかった。となれば、

「桑名勘兵衛様の仇、この場にて討ち果たす！」

と叫ぶと足場を固め直して、幹次郎に対峙《たいじ》した。

幹次郎は和泉守藤原兼定の鯉口を切った。鍔元を左手が軽く押さえ、両の足を開き気味にして姿勢を低くすると右手を、
だらり
と脇に垂らした。

頭上には天井と梁が低く迫っていた。

剣を上方に振り回すことは適《かな》わなかった。だが、小さく横手に抜き斬るならばなんとかできた。そのためには、自らの、

「踏み込み」

か、相手を、

「引き寄せ」

る必要があった。

「桑名勘兵衛どのとは経緯はどうであれ、武人同士の尋常の立会いを致したまで。恨みに思われることは毛筋ほどもない。だが、女、姉様を勾引して死に至らしめようとした罪、許せぬ」

「言うな！」

美里は小太刀を正眼に構えた。

低い天井を考え、幹次郎に突っ込んで来させ喉元を斬り裂く、突き技を脳裏に描いた。必殺の突きを仕掛けるために相手を動かさねばならなかった。

幹次郎は泰然として動かない。

時間《とき》が切迫しているのは美里のほうだ。ならば、

(こちらから仕掛けるまで)

「ええいっ！」

裂帛《れっぱく》の気合を響かせると正眼の剣を引きつけながら水平に寝かせ、するすると

間合を詰めた。

突きの構えは、相手の対応次第で小手《こて》に胴にと自在に変幻できた。

だが、幹次郎は美里の動きを最後の最後まで見切るように動かない。

「そうれっ！」

突きの剣が一旦引かれ、幹次郎の喉元に伸びてきた。

鎌首《かまくび》をもたげた蝮《まむし》が獲物に飛びかかる迅速さだった。

汀女は幽閉された部屋の片隅に退《しりぞ》きながら、動かぬ幹次郎を凝視していた。

（幹どの）

汀女が心の中で無言の悲鳴を上げたとき、幹次郎の、
だらり
と垂れていた右手が力を得て、蘇った。

右手は腹前をしなやかに走ると柄にかかった。

左手の指先が鯉口の切られた鍔を弾《はじ》くと同時に右手が二尺三寸七分の藤原兼定を抜き上げた。

海底から水の塊《かたまり》が圧倒的な力で盛り上がり、高い波濤《はとう》を生み出すように刃が翻《ひるがえ》った。

眼志流の秘剣、

「浪返し」

が小太刀を幹次郎の喉に伸ばす美里の腹部を強襲した。

喉への「突き」と胴への「浪返し」、寸毫《すんごう》の差で交差した。

伸びやかな一閃、「浪返し」が勝った。

ぎえぇっ！

胴を抜かれた美里の体が勢い余って破られた板壁から山谷堀に転がり落ちた。

その傍らを見張り役だった浩介が逃げ出そうとした。

幹次郎の兼定が峰に返され、腰を強打してその場に昏倒《こんとう》させた。

それが戦いの終わりだった。

幹次郎は夜風が吹き込む蔵から山谷堀を見下ろした。

篠部美里が俯《うつぶ》せに浮き、その周りに汀女が助けを求めて落とした文の紙片が白く浮いていた。

「汀女先生、お怪我はございませぬか」

四郎兵衛が呼ばわりながら地下蔵の一室に飛び込んできて、片隅に何事もなかったように座す汀女の姿に目を留め、

ふーうっ
とひとつ息を吐くと、

「よかった。ようございました」

と呻いた。

吉原にいつもの平静と賑わいが戻ったが、その暮らしには今ひとつの緊迫が孕《はら》んで残っていた。

だが、吉原会所も吉原見番も何事もないようにふだん通りの日々を送っていた。

汀女は救い出された次の日の朝、何事もなかったように吉原大門を潜り、手習い塾に向かった。そして、自らの命をつなぎとめた遊女の破り流した文をふたたび代筆したり、遊女に書かせては手直ししたりした。

この日の塾は、吉原の総名主三浦屋四郎左衛門の二階座敷で行われた。どこからともなく、

「御代は目出度の若松様よ、枝も栄えて葉も繁《しげ》る……」

という歌声とともに杵《きね》の音が響いてくる。

餅搗きたちが妓楼を回って歩く季節だった。

こう師走も押し詰まると、吉原の名物の張見世も休みである。

その代わりに、年の瀬と松の内の馴染客を呼ぶ誘い文を書く仕事に追われることになるのだ。

今日もそんな遊女たちが汀女の元に教えを乞うために大勢詰めかけていた。

塾がようやく終わったのは九つ半（午後一時）を大きく回っていた。

薄墨太夫が汀女を部屋に招き、茶菓を供して自ら接待した。

「汀女先生、大変な目に遭われたそうでお気の毒に存じます」

薄墨太夫は汀女とふたりの時、里言葉を捨てていた。

その言葉遣いには薄墨太夫が武家の家に育ったことを物語る丁寧さがあった。

「私の迂闊な行動で会所の方々に迷惑をおかけしました」

「いえ、汀女先生に何の罪咎《つみとが》がございましょうや。どこぞの旦那が頭に妄想を抱かれたゆえに先生が理不尽にも死ぬ目に遭ったのです」

吉原三千人の遊女の頂点に立つ薄墨太夫は、吉原で繰り広げられる暗闘の経緯を承知しているようだった。

その情報は妓楼の主、総名主の三浦屋四郎左衛門から伝わったものであろう。

「それにしても」

と言葉を途中で切った薄墨太夫が、

「汀女先生、わちきは先生に嫉妬しやんすえ」

と思い切ったように言った。

「幹次郎様を大事になさらぬと」

「どうなされます、太夫」

「この薄墨が……」

と言うと哀しみを湛えた笑みを浮かべ、

「籠の鳥では勾引《かどわか》しにも遭えませぬなあ」

と嘆息し、汀女の問いをはぐらかした。


賑わいを見せていた大晦日の夜、四つ近くになるとふいに客の姿が廓内から消えた。だれもが除夜の鐘をわが家で聞こうと引き上げたのだ。

吉原で年を越そうという手合いは独り者くらいだ。

遊女も自らの将来《ゆくすえ》を思うて、つい感傷に浸る夜だ。

そんな夜が更《ふ》けていこうとしていた。

この数日、吉原見番の頭取大黒屋正六は、不安に怯えて過ごしてきた。

女剣客の篠部美里に命じて、会所の用心棒神守幹次郎の女房を勾引し、反撃に転じようとした矢先に四郎兵衛らに先を越された。汀女が奪還され、篠部美里が幹次郎の憤怒の剣に返り討ちに遭っていた。

当然、次には見番に会所の手が伸びてくると思った。

もはや、一橋治済卿に縋るしか助かる手立てはない。だが、吉原の外に出れば、会所の者に捕縛される。

となれば年を越し、松の内の吉原の賑わいの最中に吉原を出て、一橋家の御屋敷に駆け込む手しかないか。

恐怖と不安を酒に紛らわせてなんとか大晦日まで耐えた正六は、芸子や芸者が出払ったあと、見番の風呂に入ることにした。

もう何日も湯に浸かってなかった。

いくら極月とはいえ、じっとして酒浸りだった正六の体は、冷や汗でじっとりと汚れていた。

「糞っ、四郎兵衛め、今に見ておれ」

独り言を呟いた正六は湯屋を模して造った大風呂の石榴口《ざくろぐち》を潜った。

もうもうとした湯気を掻き分けて、湯船に酒太りの体を浸そうとした。

そのとき、広い湯船に先客がいた。

この刻限、見番の湯を使う者などいないはずだ。

「主のおれを差し置いて新湯《あらゆ》に浸かる奴はどこのどいつだ、出ていけ！」

正六の怒鳴り声がわんわんと風呂に響いた。

その声に湯気が散り、行灯の灯りがおぼろに湯の上に差しかかった。

するとそこに先客の顔が見えてきた。

「し、四郎兵衛」

「さよう、吉原会所の七代目四郎兵衛にございますよ」

「な、なんで見番まで入り込んできやがった！」

「静かにしなせえ」

「おのれ！」

湯船に立ち上がり、外に出ようとした。すると石榴口に人影が差して、裸の神守幹次郎が逃げ道を塞いだ。

振り向いた大黒屋正六が大顔を振りたて、

「四郎兵衛、おれになにかがあってみろ。御三卿の一橋治済様が黙ってはおられぬぞ。吉原は一時の閉門停止じゃあ、済むめえぜ。官許を取り消されて吉原は浅草田圃に逆戻りだ」

と喚《わめ》いた。

「吉原がそのような目に遭わぬために総名主と町名主がおられる。われら吉原会所が黙って見過ごすと思うたか」

「いってえ、ど、どうしようというのだ」

「正六、おめえが頼りの一橋様のご推挙《すいきょ》もあって白河藩主の松平定信様が年明けにも老中に昇られ、若き家斉様の後見に就かれることが内定した。吉原は田沼様ご一派の庇護から松平様らに乗り換える」

「だれがそんなことを許すものか」

「定信様のご尊父田安宗武様と吉原が昵懇ということを正六、見落としたな。過日、勘定奉行の久世広民様と紀州家江戸留守居役三林五郎左衛門様が鐘ヶ淵の田安別邸に集いて、吉原の注文を聞かれた」

「そ、それがどうした」

「正六、おまえが吉原見番を立ち上げたのは、ご慧眼《けいがん》であった。だがな、もはやそなたは吉原の邪魔でしかない」

「おのれ、抜かしたな」

「そなたは初代見番頭取の座を降りる」

顔だけを湯船の上に出した四郎兵衛がゆっくりと正六へと近づいてきた。

「来るな、寄るんじゃねえ！」

正六は湯船の縁にぶつかって身動きが取れなかった。

背には幹次郎が控えている。

「おまえは新玉《あらたま》の年を迎えることはできぬ。吉原会所は大掃除を新年に持ち越すようなことはせぬものよ」

四郎兵衛がふいに湯から立ち上がった。するとその右手に短刀が握られており、それが正六の立ち竦む眼前で翻ると喉首を、
しゃっ
と掻き斬った。

ぎえっ
血飛沫が湯煙の中に散って、正六の体が前屈みに湯にくたくたと沈み込み、血の色に染めた。

四郎兵衛が湯船から上がったとき、浅草寺の鐘撞堂《かねつきどう》で打たれる百八つの煩悩《ぼんのう》を消し去る除夜の鐘が鳴り出した。

煩悩を　湯に沈めけり　年の暮れ

幹次郎の脳裏になかなかの名句が浮かんだ。

遊女屋の元日は大広間に妓楼の主、女将以下、太夫から禿、男衆まで全員が顔を揃えて祝った。

元日、吉原は休みだ。

二日、遊女たちは新しい仕着せの小袖に身を包んで、仲之町の茶屋などを年賀に回った。そのとき、禿も揃いの衣装を着せられ、大羽子板《おおはごいた》を持って姉女郎に従った。そして、初買いの大事な客を迎えるのだ。

仲之町にいつにも増して晴れやかな光景が展開された。

着飾った遊女たちが行き交い、門付《かどづ》け芸人が大黒舞《だいこくまい》と称する正月特有の芸を披露したり、芝居狂言の一幕を演じてみせたりした。

神守幹次郎と汀女は吉原会所に新年の挨拶に出向いた。だが、主の四郎兵衛も仙右衛門も廓内を年賀に歩いているとのことで留守だった。

汀女と相談し、山口巴屋に玉藻を訪ねて新年の挨拶をして引き上げようとした。

すると山口巴屋の店先から大黒舞の親子が賑やかに、

「あら目出度やな目出度やな、七福神のご入来、山口巴屋様にご入来………」

と舞いながら鼓《つづみ》をぽんぽんと打って景気をつけていた。

そのとき、人込みから話し声が耳に入った。

「なんでも見番頭取の大黒屋正六様が年の瀬に急死なされたそうだな」

「おおっ、おれも聞いた」

待合ノ辻で会話するふたりはどこぞの妓楼の二階廻《にかいまわ》しと男芸者のようだ。

二階廻しとは遊女の世界である妓楼の二階で、あらゆる雑用をこなす男衆のことで情報通でもあった。

「驚くのは大黒屋の旦那が亡くなったことじゃねえや」

「なにかあるのかえ」

「後継よ」

「なにっ、二代目がもう決まったってか」

二階廻しが驚きの声を上げた。

「決まった。驚くな、出世も出世、五月《さつき》の鯉《こい》の滝登りだ」

男芸者が囁いた。

「だれだ、そいつは」

「水道尻の番太が吉原見番の二代目だ」

「なんだと、あの義太夫の小吉爺さんがおめえの主ってかえ」

「そうだ。先ほど内々に知らされたぜ」

「なんてこった」

「だがな、よくよく考えれば番太の爺様のほうが万事に厳しい正六様よりおれたち幇間には働き易かろうぜ」

幹次郎と汀女は顔を見合わせた。

四郎兵衛の外出の理由は、年賀の挨拶などではなかった。

大黒屋正六が一代で立ち上げた見番を吉原会所がその支配下に置き、二代目に老番太を起用するお膳立てのために廓内を走り回っていたのだ。

「なんとまあ小吉爺様が見番頭取に出世なされたか」

「正月早々おめでたい話にございますな」

幹次郎と汀女は、にっこりと笑い合い、混雑する遊里を見廻した。

そこが、吉原裏同心とその妻としてふたりが生きていく場であった。

「姉様、囚われの身になった折り、なにを考えておられた」

「決まっております、幹どの」

「決まっておるとは」

「幹どの、そなたのことです。汀女はよい一生を過ごせたと考えておりましたよ」

「姉様、われらの生涯はまだ続く」

静かな笑みを交わし合ったふたりは、七軒茶屋の山口巴屋へと入っていった。

二〇〇四年一月　光文社文庫刊

光文社文庫

長編時代小説
見《けん》　番《ばん》　吉原裏同心《よしわらうらどうしん》(3)　決定版
著　者　佐《さ》　伯《えき》　泰《やす》　英《ひで》

2022年5月20日　初版1刷発行

発行者　鈴　木　広　和
印　刷　萩　原　印　刷
製　本　ナショナル製本

発行所　株式会社　光　文　社
〒112-8011　東京都文京区音羽1-16-6
電話（03）5395-8149　編　集　部
8116　書籍販売部
8125　業　務　部

ISBN978-4-334-79332-6　Printed in Japan

組版　萩原印刷